Toshikazu Kawaguchi è nato nel 1971 a Osaka, in Giappone, dove lavora come sceneggiatore e regista. Con *Finché il caffè è caldo* (2020), suo romanzo d'esordio, ha vinto il Suginami Drama Festival. Con Garzanti ha pubblicato anche *Basta un caffè per essere felici* (2021), *Il primo caffè della giornata* (2022), *Ci vediamo per un caffè* (2023) e *Quando il caffè è pronto* (2024).

Toshikazu Kawaguchi

Finché il caffè
è caldo

Romanzo

Traduzione dall'inglese di
Claudia Marseguerra

SUPERPOCKET

IL [IBRAIO.IT

il sito di chi ama leggere

.

In copertina: illustrazione di Riccardo Gola
Art director: Stefano Rossetti
Graphic designer: Riccardo Gola/PEPE nymi

Superpocket è un marchio di
TEA – Tascabili degli Editori Associati S.r.l., Milano
Gruppo editoriale Mauri Spagnol

Titolo originale
Coffee Ga Samenai Uchini

Edizione speciale Superpocket marzo 2025

FINCHÉ IL CAFFÈ È CALDO

1.

GLI INNAMORATI

«Oddio, è già così tardi? Scusa tanto, ma devo proprio andare», aveva borbottato l'uomo con aria evasiva, alzandosi per prendere la borsa.

«Eh?» aveva replicato la donna, guardandolo incerta.

Non gli aveva sentito dire che era finita. Eppure l'aveva invitata fuori – dopo due anni che uscivano insieme – per parlarle di *una cosa seria...* e adesso di punto in bianco le aveva annunciato che si trasferiva per lavoro in America. Sarebbe partito subito, nel giro di poche ore. Non aveva sentito le parole esatte, è vero, ma ormai era ovvio che la *cosa seria* di cui dovevano parlare era la rottura del loro fidanzamento. Evidentemente era stato un grosso errore pensare – anzi, sperare – che la *cosa seria* fosse: "Mi vuoi sposare?".

«Cosa c'è?» aveva ribattuto secco l'uomo, senza guardarla negli occhi.

«Non mi merito forse una spiegazione?» aveva chiesto lei.

La donna usò un tono inquisitorio che all'uomo non piacque affatto. Erano in un caffè seminterrato, senza finestre, e tutta la luce proveniva da sei lampade con il paralume appese al soffitto e un'unica applique accanto all'entrata. Una costante sfumatura color seppia tingeva l'interno del locale. Senza un orologio, era impossibile dire se fosse giorno o notte.

C'erano tre grossi orologi antichi da parete nel caffè, ma le lancette segnavano tutte orari diversi. Era fatto apposta, oppure erano semplicemente rotti? I clienti alla prima visita non lo capivano mai, ed erano immancabilmente costretti a guardare il proprio orologio. L'uomo fece altrettanto. Mentre controllava l'ora sul suo orologio, cominciò a grattarsi il sopracciglio destro, sporgendo leggermente il labbro inferiore.

La donna trovò quell'espressione esasperante.

«Perché fai quella faccia? Come se fossi l'unica a soffrire», sbottò lei.

«Non è quello che penso», si giustificò imbarazzato lui.

«Sì che lo pensi!» insistette lei.

Sporgendo ancora il labbro in fuori, lui evitò il suo sguardo e non rispose.

Quell'atteggiamento passivo la mandò su tutte le furie. «Vuoi proprio che sia io a dirlo, eh?»

La donna bevve il caffè, che ormai aveva perso tutto il suo calore. Sfumato anche il lato più dolce di quell'incontro, si depresse ancora di più.

L'uomo tornò a guardare l'orologio e contò quanto mancava all'ora d'imbarco. Doveva lasciare il caffè in fretta. Non riuscendo a darsi un tono, tornò a grattarsi il sopracciglio.

La donna si infastidì a vederlo così attento a ogni minuto che passava, e appoggiò la tazza bruscamente, facendola sbattere sul piattino. *Clang!*

Il rumore improvviso lo colse di sorpresa. Le sue dita, fino a quel momento impegnate a grattare il sopracciglio destro, cominciarono a giocherellare con i capelli. Ma poi, dopo un breve e profondo respiro, l'uomo tornò a sedersi e la guardò dritto in faccia. Tutto d'un tratto il suo volto aveva ritrovato la calma.

Anzi, il viso dell'uomo era cambiato così all'improvviso da lasciarla di stucco. La donna abbassò la testa e si guardò le mani posate in grembo.

L'uomo che si era preoccupato tanto per l'ora non aspettò che la donna rialzasse la testa. «Okay, senti...» attaccò.

Adesso la sua voce suonava ferma e risoluta. Del balbettio non era rimasta traccia.

Ma quasi cercando di troncare sul nascere le sue parole,

la donna lo anticipò: «Perché non te ne vai e basta?». Non sollevò neppure lo sguardo.

La donna che prima voleva tanto una spiegazione adesso si rifiutava di ascoltarla. L'uomo rimase seduto immobile come se anche il tempo si fosse fermato.

«Non dovevi andare?» ripeté lei in tono petulante, quasi infantile.

Lui la guardò perplesso, come se non capisse il significato delle sue parole.

Quasi riconoscendo il suo stesso tono petulante e infantile, lei distolse lo sguardo e si morse un labbro imbarazzata. Lui si alzò e si rivolse alla cameriera dietro il bancone.

«Mi scusi, vorrei pagare», disse con un filo di voce.

L'uomo cercò di afferrare lo scontrino, ma la mano della donna fu più veloce.

"Voglio restare un altro po'... perciò pago io", gli avrebbe voluto dire, ma lui le aveva sfilato con agilità il conto da sotto la mano per dirigersi alla cassa.

«Conto unico, grazie.»

«Dai, ti ho detto di lasciar stare.»

Senza muoversi dalla sedia, la donna allungò una mano verso l'uomo, ma l'uomo si rifiutò di guardarla e tirò fuori dal portafoglio una banconota da mille yen.

«Tenga pure il resto», disse porgendola alla cameriera. Poi si girò verso la donna con aria triste per una frazione di secondo, prese la borsa e se ne andò.

Din-don

«E questo succedeva una settimana fa», sospirò Fumiko Kiyokawa.

Il suo corpo si afflosciò come un pallone sgonfio sul tavolo, schivando per miracolo il caffè che aveva di fronte.

La cameriera e la cliente seduta al bancone, che avevano entrambe ascoltato la storia di Fumiko, si scambiarono un'occhiata.

Già al liceo, Fumiko padroneggiava sei lingue. Dopo la laurea alla Waseda University, essendo la migliore del suo corso, aveva trovato posto in una grossa azienda di informatica medica e nel giro di un paio d'anni si era trovata a dirigere numerosi progetti. Era l'emblema della donna in gamba e votata alla carriera.

Oggi Fumiko indossava un normalissimo *outfit* da ufficio: camicetta bianca, gonna nera e giacca coordinata. A giudicare dal suo aspetto, tornava a casa dal lavoro.

Fumiko era più bella della media, con i suoi lineamenti delicati, le labbra ben disegnate e le movenze da pop star. I capelli luminosi, tagliati all'altezza delle orecchie, le circondavano il viso in un alone brillante. Nonostante gli abiti discreti, la sua figura eccezionale emergeva alla prima occhiata. Neanche fosse una modella di una rivista patinata, la sua bellezza attirava gli sguardi di chiunque. Sì, era una donna che coniugava intelligenza e bellezza, ma dire che lo sapesse è un'altra cosa.

In passato Fumiko non aveva mai perso tempo con queste faccende e aveva vissuto solo per il lavoro. Ovviamente questo non significa che non avesse avuto delle storie: è solo che per lei non avevano la stessa attrattiva del lavoro. «Il mio amante è il lavoro», ripeteva sempre, rifiutando le avance di un mucchio di uomini, come a scrollarsi la polvere dalle spalle.

L'uomo di cui aveva parlato si chiamava Gorō Katada ed era un ingegnere dei sistemi. Come Fumiko, anche lui era impiegato in una società medica, sebbene non altrettanto importante. Più giovane di tre anni, Gorō era il suo fidanzato: già, *era*. Si erano conosciuti due anni prima grazie a un cliente per cui stavano entrambi seguendo un progetto.

Una settimana prima, le aveva chiesto di incontrarsi per parlare di una *cosa seria*. Lei si era presentata all'appuntamento con un elegante abitino rosa pallido, uno spolverino beige primaverile e le scarpe bianche con il tacco, attirando l'attenzione di tutti gli uomini a cui era passata davanti. Si trattava di un nuovo look per Fumiko, così fissata con il lavoro che prima della relazione con Gorō non aveva mai posseduto altro che tailleur da ufficio. E a tutti gli appuntamenti con Gorō non aveva mai indossato altro che tailleur, fino a quel giorno. Ma del resto, di solito, si incontravano subito dopo l'orario d'ufficio.

Gorō aveva detto una *cosa seria*, e Fumiko l'aveva interpretata come una *cosa speciale*, perciò si era precipitata a comprarsi un abitino speciale, apposta per l'occasione.

Erano arrivati alla caffetteria prescelta, ma sulla vetrina avevano trovato un cartello con scritto «CHIUSO PER IMPREVISTO». Fumiko e Gorō non l'avevano presa bene, perché con l'intimità dei suoi separé quel caffè sarebbe stato l'ideale per parlare di cose serie.

Non potendo far altro che cercare un altro posto adatto, notarono una piccola insegna in una stradina poco frequentata. Siccome era un caffè in un seminterrato, non si vedeva come fosse all'interno, ma Fumiko fu attratta dal nome, preso dal testo di una canzone che cantava sempre da piccola, e così decisero di entrare.

Fumiko se ne pentì appena mise piede nel locale. Era più piccolo di quanto pensasse, tanto che bastavano nove clienti a riempirlo, tre sgabelli al bancone e tre tavolini da due.

A meno che la *cosa seria* non fosse stata sussurrata, l'avrebbero saputa tutti all'istante. L'altro lato negativo era la luce color seppia delle lampade con il paralume... no, quel posto non le piaceva affatto.

"Un posto per traffici loschi..."

Fu questa la prima impressione che ebbe Fumiko, mentre si dirigeva nervosamente all'unico tavolino libero e si accomodava. Nel caffè c'erano altri tre clienti e la cameriera.

Al tavolo più lontano sedeva una donna in abito bianco a maniche corte che leggeva un romanzo. Al tavolo più vicino all'ingresso sedeva un uomo dall'aspetto ordinario, con una rivista di viaggi aperta davanti e un taccuino su cui annotava appunti. La donna seduta al bancone indossava una camiciola rosso acceso e leggings verdi. Una giacca a kimono senza maniche era appesa allo schienale dello sgabello e in testa si era lasciata i bigodini. Rivolse un'occhiata fugace a Fumiko, facendo un gran sorriso. Più volte, durante la conversazione tra Fumiko e Gorō, la donna fece dei commenti alla cameriera e si lasciò sfuggire una risata roca.

*

Sentendo la spiegazione di Fumiko, la donna con i bigodini disse: «Già, capisco...».

In realtà non ci capiva *un bel niente*, stava solo cercando di dare la risposta più adeguata. Si chiamava Yaeko Hirai. Era una cliente abituale, aveva poco più di trent'anni e gestiva uno snack bar lì accanto, o meglio un piccolo hostess club. Passava sempre a bere una tazza di caffè prima di attaccare il turno. Anche quel giorno aveva i bigodini in testa, ma stavolta indossava un top a fascia giallo, una minigonna rosso vivace e un paio di leggings viola acceso. Hirai ascoltava Fumiko seduta a gambe incrociate sullo sgabello del bancone.

«È passata una settimana, ve ne ricordate, no?» Fumiko si alzò e si rivolse alla cameriera dietro il bancone.

«Ehm... sì, certo», rispose la donna, vagamente a disagio, senza guardare negli occhi Fumiko.

La cameriera si chiamava Kazu Tokita, era la cugina del proprietario e lavorava per pagarsi gli studi alla Fine Arts University. Era abbastanza carina, con la carnagione chiarissima e gli occhi piccoli e a mandorla, ma nel complesso i suoi lineamenti non erano niente di speciale. Il tipo di faccia che ti scordi appena girato l'angolo. In una parola: insignificante. Non aveva un pizzico di fascino, e in più non aveva neanche molti amici. Non che le dispiacesse, intendiamoci: Kazu era il genere di persona che trova i rapporti interpersonali piuttosto noiosi.

«E lui... che fine ha fatto? Adesso dov'è?» chiese con aria distratta Hirai, giocherellando con la tazza.

«In America», rispose Fumiko, sbuffando sonoramente.

«E così il tuo fidanzato ha scelto il lavoro, giusto?» Hirai aveva il dono di cogliere il nocciolo della questione.

«No, non è così!» protestò Fumiko.

«Sì che è così! Non hai detto che è andato in America?» insistette Hirai. Per lei Fumiko era una specie di mistero.

«Ma non hai capito quello che ho detto?» ribatté con foga Fumiko.

«Cosa, esattamente?»

«Volevo gridargli: "Non partire", ma il mio orgoglio me l'ha impedito.»

«Non sono tante le donne che lo ammetterebbero!» Hirai si appoggiò allo schienale dello sgabello con una risatina, ma perse l'equilibrio e per poco non finì a terra.

Fumiko ignorò la reazione di Hirai. «Tu mi capisci, vero?» chiese a Kazu, cercando sostegno.

Kazu finse di pensarci un momento. «In poche parole, stai dicendo che non volevi che andasse in America, giusto?»

Anche Kazu amava andare dritto al punto.

«Be', in poche parole, credo... no, non volevo. Ma...»

«Ehi, non sei un tipo facile da capire», ironizzò Hirai, vedendo che Fumiko faceva fatica a rispondere.

Al posto di Fumiko, Hirai sarebbe scoppiata in lacrime. "Non partire!" avrebbe urlato. Ovviamente sarebbero state lacrime di coccodrillo, finte e strumentali, perché le lacrime sono l'arma segreta delle donne. La filosofia di Hirai era tutta qui.

Fumiko tornò a fissare Kazu dietro il bancone, con gli occhi scintillanti. «A ogni modo, voglio che mi riporti indietro a quel giorno... a una settimana fa!» la supplicò, come se fosse la richiesta più normale del mondo.

Hirai fu la prima a rispondere a quella pretesa assurda. «Indietro nel tempo, dice...» Poi guardò Kazu con aria perplessa.

«Oh», balbettò a disagio Kazu, e non aggiunse altro.

Erano passati parecchi anni da quando la leggenda metropolitana dei viaggi nel tempo aveva fatto vivere alla caffetteria il suo momento di gloria. Ben poco interessata a quel genere di cose, Fumiko se n'era completamente scordata e la settimana precedente era entrata in quel locale per puro caso. Ma la sera prima di ritornarci aveva guardato un programma in televisione e il presentatore si era messo a parlare di «leggende metropolitane». In quel momento un fulmine le era balenato in testa e all'improvviso le era tornata in mente la storia di quel caffè. *Il caffè che vi porta indietro nel tempo.* Era un ricordo un po' confuso, ma quella frase le era rimasta impressa.

"Se tornassi indietro nel tempo, forse potrei riuscire a rimettere a posto le cose. Potrei riuscire a parlare di nuovo con Gorō." Si era ripetuta questo desiderio stravagante così tante volte che alla fine ne aveva fatto una fissazione e aveva perso la capacità di formulare un giudizio sensato.

Il mattino dopo era andata in ufficio, dimenticando completamente di fare colazione. In quel momento pensava a tutto, fuorché al lavoro. Se ne stava seduta alla sua scrivania, ossessionata dallo scorrere del tempo. "Vorrei solo saperlo con certezza." Voleva togliersi il dubbio, al più presto... senza perdere un secondo.

La sua giornata lavorativa era stata una lunga serie di errori e distrazioni. Il suo livello di attenzione era così basso che un collega le aveva chiesto se stava bene. Verso sera aveva davvero toccato il fondo.

Aveva impiegato mezz'ora ad arrivare alla caffetteria dall'ufficio. Dalla stazione della metropolitana si era messa persino a correre. Entrata nel locale senza fiato, era andata dritto da Kazu.

«Ti prego, fammi tornare nel passato!» l'aveva supplicata senza lasciarle il tempo di dire: "Buongiorno, benvenuta".

Era andata avanti ad agitarsi per un altro po', finché alla fine non era riuscita a spiegarsi. Adesso, di fronte alla reazione delle due donne, si sentì improvvisamente a disagio.

Hirai continuava a fissarla con un sorrisetto stampato in viso, mentre Kazu assunse un'espressione impassibile e distolse lo sguardo.

Se fosse stata vera la storia dei viaggi nel tempo, quel posto sarebbe stato preso d'assalto, e invece gli unici clienti erano la donna in abito bianco, l'uomo con la rivista di viaggi, Hirai e Kazu, esattamente le stesse facce che erano lì anche la settimana prima.

«Si può tornare indietro, giusto?» chiese, sempre più imbarazzata.

Forse sarebbe stato più saggio cominciare con questa domanda. Ma ormai era troppo tardi.

«Allora, si può o no?» chiese ancora, guardando negli occhi Kazu, immobile dietro il bancone.

«Ehm, ecco...» rispose Kazu.

Gli occhi di Fumiko tornarono ad accendersi per l'eccitazione. Non avrebbe accettato una risposta negativa.

«Ti prego, rimandami indietro!»

Il suo tono era così energico che sembrava voler saltare dall'altra parte del bancone.

«Vuoi tornare indietro per fare che cosa?» le chiese gelida Hirai, sorseggiando il suo caffè ormai tiepido.

«Voglio rimediare.» Il suo viso era serissimo.

«Capisco...» disse Hirai con un'alzata di spalle.

«Ti prego!» ripeté alzando la voce. La richiesta rimbombò tra le pareti del caffè.

L'idea di sposare Gorō le era venuta da poco. Ormai aveva ventotto anni e i suoi genitori, che vivevano a Hakodate, non facevano che chiederle: «Quando pensi di mettere su famiglia? Non hai conosciuto un brav'uomo da sposare?» e così via. L'assedio si era fatto più pressante da quando la sorella venticinquenne si era accasata l'anno prima, e da quel giorno avevano cominciato a spedirle almeno un'email alla settimana. Fumiko aveva anche un fratello di ventitré anni, che aveva sposato una ragazza della loro stessa città dopo averla messa incinta. Perciò lei era l'unica rimasta single.

Fumiko non aveva nessuna fretta, ma dopo il matrimonio della sorella minore aveva cambiato modo di pensare e si era detta che forse sposare Gorō non sarebbe stata una cattiva idea.

Hirai prese una sigaretta dal suo beauty leopardato.

«Kazu, forse le dovresti spiegare un po' meglio come sta la faccenda... non credi?» suggerì mentre l'accendeva, quasi parlasse di affari.

«Sì, pare proprio di sì», rispose Kazu nel suo tono impassibile, facendo il giro del bancone per andare a piantarsi di fronte a Fumiko. La fissò con uno sguardo dolce, come se dovesse consolare un bimbo in lacrime.

«Senti, adesso voglio che mi ascolti, e che mi ascolti attentamente, va bene?»

«Dimmi.» Fumiko si irrigidì.

«Puoi tornare indietro, è vero... Puoi tornare indietro, ma...»

«Ma...?»

«Qualunque cosa farai, il presente non cambierà comunque.»

"Il presente non cambierà comunque." Una simile ipotesi Fumiko proprio non se l'aspettava, e non poteva accettarla. «Eh?» le sfuggì ad alta voce, senza pensarci.

Kazu riprese la spiegazione, nello stesso tono calmo di poco prima. «Anche se torni nel passato e dici cosa provi al tuo... ehm, fidanzato partito per l'America...»

«Anche se gli dico cosa provo...?»

«Il presente non cambierà comunque.»

«Cosa?» Fumiko si coprì le orecchie.

Ma Kazu fece finta di niente e pronunciò le ultime parole al mondo che lei avrebbe voluto sentire. «Non cambierà il fatto che sia partito per l'America.»

Il suo corpo fu percorso da un forte tremore.

Ma, con quella che parve una spietata noncuranza dei suoi sentimenti, Kazu proseguì la sua spiegazione.

«Anche se torni nel passato, gli riveli i tuoi sentimenti e gli chiedi di non partire, il presente non cambierà.»

Fumiko reagì impulsivamente alle dure e gelide parole di Kazu. «Mi pare un po' insensato, non trovi?» chiese con aria di sfida.

«Ehi, vacci piano... ambasciator non porta pena!» esclamò Hirai, dando un tiro alla sigaretta. Non sembrava così stupita dalla reazione di Fumiko.

«Si può sapere perché?» le chiese Fumiko, implorando una risposta con gli occhi.

«Perché? Adesso te lo dico, il perché», replicò Kazu. «Perché questa è la regola.»

"In realtà, in ogni film o libro di fantascienza che si rispetti, la regola è: *Mai intromettersi in un evento che possa cambiare il presente.* Perché, ad esempio, se tornassimo indietro e impedissimo ai nostri genitori di sposarsi o di conoscersi, cancelleremmo le circostanze che hanno portato alla nostra nascita e il nostro io attuale svanirebbe."

Questo era lo stato delle cose in quasi tutte le storie di viaggi nel tempo che Fumiko aveva letto, perciò credeva fermamente nella regola: *Se cambi il passato, cambi anche il presente.* Su questa base voleva a tutti i costi tornare nel passato e avere la possibilità di rifare tutto da capo. Purtroppo, però, sembrava essere un sogno irrealizzabile.

Pretendeva che le spiegassero in maniera convincente perché mai esisteva una regola così assurda: possibile che anche tornando nel passato non ci fosse modo di modificare il presente? L'unica spiegazione che Kazu si limitava a dare era: «Perché questa è la regola». La stava forse prendendo in giro, per non rivelarle la vera ragione? O si trattava di un concetto così complesso che non trovava il modo di spiegarlo? O forse neanche lei conosceva la vera ragione, come la sua espressione impassibile sembrava suggerire?

Pareva quasi che Hirai si godesse lo spettacolo. «Che gran sfortuna!» disse, esalando uno sbuffo di fumo con aria chiaramente soddisfatta.

Aveva in mente quella battuta sin dall'inizio, quando Fumiko si era messa a spiegare il problema, e aveva atteso pazientemente di poterla pronunciare.

«Ma... perché?» Fumiko sentiva il corpo svuotarsi di tutta l'energia. Mentre si lasciava cadere su una sedia, le tornò in mente un ricordo: aveva letto un articolo su quel caffè in una rivista. L'articolo si intitolava *Scoperta la verità sul "Caffè dei Viaggi nel Tempo" reso famoso dalla leggenda metropolitana.* Il nocciolo dell'articolo era quanto segue.

Il caffè aveva acquisito una certa fama, con lunghe code ogni giorno, grazie alla storia dei viaggi nel tempo. Ma per colpa delle rigide regole da seguire non si riusciva mai a trovare nessuno che fosse davvero tornato nel passato. La prima regola era: *Una volta tornato nel passato, potrai incontrare solo le persone che sono state nel locale.* Già questo bastava di solito a far passare la voglia di affrontare il viaggio. Un'altra regola era: *Una volta tornato nel passato, non puoi fare niente per cambiare il presente.* Era stato chiesto più volte perché mai esistesse una regola del genere, ma l'unico commento dei proprietari era che non ne avevano idea.

Siccome l'autore dell'articolo non era riuscito a trovare nessuno che fosse davvero tornato nel passato, la questione era rimasta un mistero. Anche supponendo che fosse realizzabile un simile viaggio nel tempo, l'impossibilità di cambiare il presente rendeva l'intera faccenda piuttosto insensata.

L'articolo si chiudeva affermando che di sicuro era un'interessante leggenda metropolitana, ma che non si capiva perché mai esistesse. Come *post scriptum,* l'articolo aggiungeva che c'erano anche altre regole da seguire, ma non era chiaro quali fossero.

Fumiko tornò a concentrarsi sul momento presente. Hirai era seduta di fronte a lei e procedeva con aria gioviale a elencare le altre regole. Con la testa e le braccia ancora pesantemente appoggiate al tavolo, Fumiko posò lo sguardo sulla zuccheriera, chiedendosi come mai in quel locale non usassero le zollette, e rimase ad aspettare in silenzio.

«Ma le regole non sono finite qui: c'è una sola sedia che ti permette di tornare indietro nel tempo. E mentre sei nel passato non ti puoi muovere da *quella* sedia», spiegò Hirai. «Cos'altro c'era?» chiese a Kazu, contando sulla punta delle dita.

«C'è anche un limite di tempo», rispose Kazu, gli occhi fissi sul bicchiere che stava lucidando. Lo disse così, sottovoce, quasi parlando tra sé e sé.

Fumiko alzò subito la testa. «Un limite di tempo?»

Kazu fece un sorriso e annuì.

Hirai diede un colpetto sul tavolo. «Francamente, dopo aver sentito tutte queste regole, di solito la gente non vuole più tornare indietro nel tempo», disse, quasi divertita. Anzi, in effetti le piaceva un mondo osservare Fumiko. «È da tanto che da queste parti non capitava una cliente come te, così convinta di voler tornare nel passato.»

«Hirai...» disse Kazu in tono di rimprovero.

«La vita non ti viene servita su un piatto d'argento, lo sai? Perché non ci rinunci e basta?» sbottò Hirai, pronta a continuare con la sua ramanzina.

«Hirai!» ripeté Kazu, stavolta con un po' più di enfasi.

«No, no, è meglio mettere subito le cose in chiaro, non credi?» rise fragorosamente Hirai.

Quelle parole erano troppo per Fumiko. Si sentì mancare le forze e tornò ad affiosciarsi sul tavolino.

Poi, dall'altro lato del locale... «Potrei averne dell'altro?» chiese l'uomo seduto al tavolo più vicino all'ingresso, con la rivista di viaggi aperta davanti.

«Arrivo subito», rispose pronta Kazu.

Din-don

Una donna era entrata nel locale. Indossava un cardigan beige su un abito a camicia verde acqua e scarpe da ginnastica rosse, con una borsa di tela bianca. Aveva gli occhi rotondi e luccicanti come quelli di una ragazzina.

«Buongiorno!» La voce di Kazu rimbombò squillante.

«Ciao, Kazu.»

«*Sis*, che piacere!»

Kazu l'aveva chiamata *Sis*, «sorella», ma in realtà era la moglie di suo cugino, Kei Tokita.

«I ciliegi sono sfioriti, eh?» disse Kei senza un briciolo di tristezza.

«Eh, sì! Gli alberi sono tutti spogli, ormai.» Il tono di Kazu era gentile, ma non era la stessa gentilezza di poco prima, quando parlava con Fumiko. Adesso suonava più dolce, un po' come il verso di una colomba.

«Ciao», disse Hirai tornando al bancone, d'un tratto indifferente alle sventure della povera Fumiko. «Dove sei stata?»

«All'ospedale.»

«Come mai? Un semplice controllo?»

«Sì.»

«Oggi hai un bel colorito.»

«Sì, mi sento bene.»

Notando Fumiko afflosciata sul tavolo, Kei le guardò perplessa e Hirai fece un cenno con il capo. Un attimo dopo, Kei scomparve nella stanza dietro il bancone.

Din-don

Poco dopo un uomo si affacciò sulla soglia, abbassando la testa per non sbattere contro lo stipite della porta. Indossava una giacchetta leggera sopra la divisa da chef composta da camicia bianca e pantaloni neri. Nella mano destra reggeva un grosso mazzo di chiavi tintinnanti. Era Nagare Tokita, il proprietario del caffè.

«Buon pomeriggio», si affrettò a dirgli Kazu.

Nagare annuì per tutta risposta e rivolse lo sguardo verso l'uomo con la rivista seduto al tavolino più vicino all'ingresso.

Kazu entrò in cucina per versare dell'altro caffè nella tazza vuota che le porgeva Hirai, appoggiata con un gomito al bancone, in silenzio e con gli occhi fissi su Nagare.

Nagare era in piedi di fronte all'uomo, che intanto era immerso nella lettura della sua rivista. «Fusagi», disse in tono gentile.

Per un attimo l'uomo che si chiamava Fusagi non reagì, come se non si fosse accorto che qualcuno aveva pronunciato il suo nome. Poi alzò lentamente la testa e guardò Nagare.

Nagare annuì con educazione e lo salutò.

«Buongiorno a lei», rispose Fusagi con lo sguardo vuoto, per poi tornare alla sua rivista. Nagare rimase a fissarlo.

«Kazu», chiamò un attimo dopo.

Kazu si affacciò alla porta della cucina. «Che c'è?»

«Per favore, ti dispiace chiamare Kōtake?»

La richiesta lasciò perplessa Kazu.

«Sai, lo stava cercando...» spiegò Nagare rivolgendo di nuovo lo sguardo verso Fusagi.

Kazu capì cosa intendeva. «Oh... certo», rispose.

Dopo aver riempito la tazza di caffè, scomparve di nuovo nella stanza sul retro per fare la telefonata.

Mentre andava dietro il bancone a prendersi un bicchiere dallo scaffale, Nagare guardò con la coda dell'occhio Fumiko afflosciata sul tavolino. Tirò fuori un cartone di succo d'arancia dal frigo, se lo versò nel bicchiere e lo bevve tutto d'un sorso.

Nagare portò il bicchiere sul retro per sciacquarlo, e proprio allora sentì un rumore di unghie che tamburellavano sul bancone.

Si affacciò alla porta della cucina per vedere cosa succedeva.

Hirai fece un breve cenno d'intesa. Con le mani gocciolanti, Nagare si avvicinò senza dire una parola e lei si appoggiò al bancone.

«Com'è andata?» gli sussurrò, mentre lui cercava un foglio di carta assorbente per asciugarsi.

«Ehm...» fece lui, con aria ambigua. Poteva essere una risposta alla domanda, oppure un'espressione di disappunto perché il rotolo di carta era scomparso. Hirai abbassò ulteriormente la voce.

«Come sono andati gli esami?»

Nagare si grattò la punta del naso e non rispose.

«Male?» chiese ancora Hirai, in tono più preoccupato.

Nagare restò impassibile.

«Visti gli esami, i medici hanno deciso di non ricoverarla», si decise infine a spiegare, quasi parlando tra sé e sé.

Hirai tirò un sospiro di sollievo. «Capisco...» disse, guardando verso la stanza sul retro dov'era entrata Kei.

Kei era nata debole di cuore e aveva passato tutta la vita a fare dentro e fuori dagli ospedali. Eppure aveva avuto in dono un'indole allegra e spensierata e riusciva sempre a regalare un sorriso, anche quando stava male. Hirai lo sapeva bene, ecco perché aveva preferito chiedere anche a Nagare.

Finalmente Nagare aveva trovato il rotolo di carta e si stava asciugando le mani. «E a te come vanno le cose, Hirai? Tutto bene?»

Hirai non era certa di aver capito a cosa si stesse riferendo. «Cosa intendi?» gli chiese con gli occhi sgranati.

«Tua sorella viene spesso a trovarti, o sbaglio?»

«Eh, già», rispose Hirai guardandosi attorno.

«I tuoi gestiscono una locanda, giusto?»

«Sì, esatto.»

Nagare non conosceva la situazione nel dettaglio, ma aveva sentito dire che da quando Hirai aveva lasciato la famiglia, la sorella aveva preso in mano le redini dell'albergo.

«Dev'essere dura per tua sorella, fare tutto da sola...»

«No, lei se la cava bene. Mia sorella è perfetta per quel genere di lavoro.»

«Sì, però...»

«È passato troppo tempo. Non posso tornare a casa adesso», tagliò corto Hirai.

Prese un grosso portafoglio dal beauty leopardato, così grosso che sembrava un dizionario. Il portafoglio iniziò a tintinnare appena Hirai si mise a frugare tra le monetine.

«Perché no?»

«Anche se tornassi a casa, non sarei di nessun aiuto», disse lei, piegando la testa con un sorriso sciocco sulle labbra.

«Ma...»

«Comunque, grazie per il caffè, ma adesso devo proprio andare», lo interruppe, lasciando le monetine sul bancone. Poi si alzò e uscì in fretta, quasi sfuggendo a quella conversazione.

Din-don

Mentre prendeva le monetine lasciate da Hirai, Nagare guardò di nuovo Fumiko afflosciata sul tavolino. Ma fu solo un'occhiata. Non sembrava molto interessato a quella donna riversa a faccia in giù. Prese nella grossa mano le monetine e ci giocherellò.

«Ehi, *Bro*», gli disse Kazu. L'aveva chiamato *Bro*, ma in realtà erano cugini, non fratelli.

«Che c'è?»

«La *Sis* ti sta chiamando.»

Nagare si guardò attorno. «D'accordo, arrivo», disse, mettendole le monetine in mano.

«Kōtake ha detto che arriva subito», lo informò Kazu.

Nagare annuì, poi scomparve nella stanza sul retro. «Ci pensi tu al caffè?»

«D'accordo», rispose lei.

Gli unici clienti nel locale erano la donna con il romanzo, Fumiko, sempre afflosciata sul tavolino, e Fusagi, che prendeva appunti dalla rivista aperta davanti. Depositate le monetine nella cassa, Kazu sistemò la tazza lasciata da Hirai. Uno dei tre vecchi orologi da parete del caffè suonò cinque profondi rintocchi tintinnanti.

«Il mio caffè, per piacere!» esclamò Fusagi sventolando la tazza vuota. Stava ancora aspettando quello che aveva chiesto.

«Oh... sì, certo!» rispose Kazu prontamente, correndo in cucina e ricomparendo un attimo dopo con una caraffa di vetro piena di caffè.

*

«Andrebbe bene anche così», farfugliò Fumiko, ancora afflosciata suo tavolo.

Mentre versava il caffè a Fusagi, Kazu osservò Fumiko con la coda dell'occhio.

Fumiko si raddrizzò di scatto. «Anche così posso farcela. Va bene anche se non cambia niente... Le cose possono restare come sono.» Poi si alzò e andò da Kazu, invadendo il suo spazio. Lei posò delicatamente la tazza di fronte a Fusagi e la guardò infastidita prima di fare due passi indietro.

«Va bene... sì», rispose.

Fumiko le si avvicinò ancora di più. «Perciò riportami a... una settimana fa!»

Era come se non avesse più dubbi. Non c'era più traccia di incertezza nelle sue parole. Al massimo, eccitazione per la possibilità di tornare nel passato. Le fremevano le narici per l'entusiasmo.

«Ehm... ma...»

Sentendosi a disagio di fronte all'atteggiamento improvvisamente arrogante di Fumiko, Kazu si rintanò dietro il bancone quasi in cerca di rifugio.

«Un'altra regola importante», precisò.

Per tutta reazione, Fumiko la guardò perplessa. «Come? Altre regole ancora?»

«Si possono incontrare solo le persone che sono state in questo caffè. Il presente non può cambiare. C'è una sola sedia che riporta nel passato, e non ci si può muovere di lì. E poi c'è il limite di tempo.» Fumiko ripeté l'elenco contando sulla punta delle dita, sempre più nervosa.

«Quella che ti sto per dire è forse la più problematica.»

A Fumiko davano già abbastanza fastidio le regole che conosceva, e l'idea che ce ne fosse una nuova, ancora più *problematica*, minacciava di spezzarle il cuore in due. In ogni caso, si morse il labbro.

«Va bene, se le cose stanno così, dimmi pure», concluse, incrociando le braccia e facendo un cenno a Kazu a sottolineare la propria risolutezza.

Kazu prese fiato come a dire "Allora lo faccio", e sparì in cucina per mettere a posto la caraffa di vetro che teneva in mano.

Rimasta sola, Fumiko trasse un sospiro profondo e cercò di concentrarsi. Il suo intento iniziale era stato tornare nel passato per fermare Gorō e impedirgli di partire per l'America.

Impedirgli di partire non suonava bene, ma se magari gli avesse confessato i suoi veri sentimenti forse Gorō avrebbe rinunciato alla sua idea di partire. Se le cose fossero andate nel verso giusto, forse non si sarebbero più lasciati. A ogni modo, la ragione iniziale per voler tornare nel passato era *cambiare il presente.*

Ma se in realtà cambiare il presente era impossibile, allora Gorō sarebbe partito comunque e loro due si sarebbero lasciati. Eppure Fumiko desiderava ancora con tutto il cuore tornare nel passato: tutto quello che voleva era tornare indietro e dare un'occhiata. Era focalizzata sul processo in sé di tornare indietro e non vedeva l'ora di sperimentare questo fenomeno incredibile.

Non sapeva se fosse una cosa bella o brutta. "Potrebbe essere una cosa bella, ma anche brutta", si ripeteva. Quando Kazu ricomparve, sempre dietro il bancone, Fumiko si irrigidì, come un imputato che attende il verdetto della corte.

«Si può tornare indietro nel tempo solo se ci si siede in un posto preciso di questo caffè», spiegò. Fumiko reagì all'istante.

«Quale posto? Dove dovrei sedermi?» Si guardò attorno così in fretta che girando la testa a destra e a sinistra emise quasi un sibilo.

Ignorando la sua reazione, Kazu si girò a fissare la donna vestita di bianco.

Fumiko seguì il suo sguardo.

«Quel posto», disse con un filo di voce Kazu.

«Quello lì? In cui è seduta quella signora?» sussurrò Fumiko dall'altro lato del bancone, tenendo gli occhi incollati alla donna in abito bianco.

«Sì», si limitò a rispondere Kazu.

Senza nemmeno aspettare la risposta, Fumiko si era già alzata per andare da lei.

Quella donna dava l'impressione che la fortuna l'avesse abbandonata. La sua carnagione chiarissima, traslucida, era in netto contrasto con i lunghi capelli neri. Era quasi primavera, ma faceva ancora freschino, eppure la donna girava a maniche corte e non sembrava avere una giacca con sé. Fumiko iniziò a pensare che ci fosse qualcosa di storto, ma non era certo il momento di badare a simili dettagli.

«Ehm, mi scusi, le dispiace se ci scambiamo di posto?» le chiese, trattenendo l'impazienza. Era convinta di essere stata gentile, ma la donna non reagì, come se non l'avesse neppure sentita. Fumiko rimase disorientata. Era difficile che una persona fosse così concentrata su un libro da non sentire le voci e i suoni che aveva attorno, ma evidentemente questo doveva essere uno di quei rari casi.

Fumiko ci riprovò.

«Salve?... Mi sente?»

«...»

«Stai perdendo tempo.»

La voce la colse di sorpresa: era Kazu, alle sue spalle. Fumiko non capì subito cosa intendesse.

"Volevo solo fare scambio di posto. Perché sto perdendo tempo? Perdevo tempo a chiederglielo in tono gentile? A-spetta. Non sarà mica un'altra regola? Devo prima imparare quest'altra regola? In tal caso, forse Kazu dovrebbe dirmi qualcosa di più utile anziché 'Stai perdendo tempo'..."

Questi erano i pensieri che le passavano per la mente in quell'istante, ma alla fine si limitò a porre una semplice domanda.

«Perché?» chiese a Kazu con un'ingenuità quasi infantile. Kazu la guardò dritto negli occhi.

«Perché quella donna... è un fantasma», rispose severa. Il tono era serissimo e sulla sua sincerità non c'erano dubbi.

Ancora una volta, la mente di Fumiko si ritrovò d'improvviso affollata di pensieri.

"Un fantasma? Un vero fantasma che emette urla e gemiti? Di quelli che appaiono sotto un salice piangente in piena estate? La ragazza l'ha detto con una tale sicurezza... non è che ho capito male? Ma quale parola somiglia a 'fantasma'?"

Fumiko fu invasa da mille pensieri confusi. «Un fantasma?»

«Sì.»

«Mi stai prendendo in giro?»

«No, sul serio, è un fantasma.»

Fumiko era sconcertata. Mettendo da parte qualsiasi discussione sull'effettiva esistenza dei fantasmi, quello che di sicuro non poteva accettare era la possibilità che la donna in abito bianco fosse un fantasma. Sembrava fin troppo reale.

«Senti, riesco benissimo a...»

«...vederla», completò la frase Kazu, come se sapesse alla perfezione cosa voleva dire Fumiko.

«Ma...» balbettò confusa Fumiko.

Senza pensarci su, allungò una mano verso la spalla della

donna. Un attimo prima che la toccasse, Kazu disse: «...riesci a toccarla».

Di nuovo, Kazu aveva la risposta pronta. Fumiko mise una mano sulla spalla della donna come per confermare che riusciva a toccarla. Non c'erano dubbi, poteva sentire la spalla e la stoffa del vestito che le copriva la pelle liscia. Non poteva credere che un fantasma fosse fatto così.

Tolse delicatamente la mano, poi la riappoggiò. Quindi si girò verso Kazu come a dire: "Lo vedi che riesco a toccarla? Chiamare fantasma questa donna è una follia!".

Ma Kazu rimase fredda e impassibile. «È un fantasma.»

«Davvero? Un fantasma?»

Fumiko si avvicinò alla donna e la guardò dritto in faccia, quasi in maniera villana.

«Sì», rispose Kazu, senza la minima esitazione.

«No, mi spiace, non ci posso credere.»

Se Fumiko l'avesse vista ma non fosse riuscita a toccarla, allora forse avrebbe potuto persino accettarlo. Ma le cose non stavano così. Lei riusciva a toccarla e quella donna aveva le gambe, altro che fantasma fluttuante! Il titolo del libro che stava leggendo non lo conosceva, ma era un libro normalissimo, uno che si trova dappertutto. Questo suggerì a Fumiko un'ipotesi.

"Non è vero che si può tornare nel passato. Non è vero che questo caffè ti può riportare nel passato. È solo uno stratagemma per invogliare i clienti. Prendi ad esempio il numero infinito di regole assurde: sono solo il primo ostacolo per convincere i clienti a rinunciare al loro viaggio nel tempo. Se qualcuno supera il primo ostacolo, allora eccone un altro per i clienti che insistono ancora a voler tornare nel passato. Si mettono a parlare di fantasmi per spaventare le persone e convincerle a rinunciare del tutto. La donna in abito bianco è semplicemente una comparsa che fa finta di essere un fantasma."

Fumiko cominciava a incaponirsi.

"Pazienza, sarà tutta una bugia, ma non intendo farmi ingannare da questa messa in scena."

Tornò a rivolgersi alla donna in abito bianco con un tono molto gentile. «Senta, non ci vorrà tanto. Per favore, potrebbe lasciarmi sedere qui per un momento?»

Niente da fare, quella donna continuava a leggere senza la minima reazione, come se le sue parole non le fossero entrate nelle orecchie.

Essere ignorata a quel modo fece infuriare Fumiko, che perse la pazienza e afferrò la donna per un braccio.

«Ferma! Non puoi farlo!» le urlò Kazu.

«Ehi, tu, smettila! Smettila di ignorarmi!»

Fumiko cercò di tirar giù la donna dalla sedia.

E poi successe... La donna in abito bianco sgranò gli occhi e la guardò con aria feroce.

Fumiko sentì raddoppiare il peso del corpo, come se le fossero cadute addosso decine di coperte pesanti. La luce si trasformò nel tenue bagliore di una candela e un urlo disumano prese a rimbombare tra le pareti del locale.

Rimase paralizzata. Incapace di muovere un muscolo, cadde in ginocchio e poi si accovacciò.

«Ehi, ma che succede? Che succede?»

Non ne aveva la minima idea. Kazu, con un'aria alla "Te l'avevo detto", le spiegò: «Ti ha maledetto».

Quando Fumiko sentì *maledetto*, sulle prime non riuscì a capire.

«Eh?» chiese con un gemito.

Non riuscendo a sopportare la forza invisibile che sembrava intensificarsi sempre di più, Fumiko giaceva faccia a terra sul pavimento.

«Cosa? Ma cos'è? Che succede?»

«È una maledizione. Tu non mi hai dato retta, hai continuato a fare come ti pareva, e lei ti ha maledetto», disse Kazu mentre tornava in cucina, lasciando Fumiko schiacciata contro il pavimento.

Con un orecchio incollato a terra e lo sguardo rivolto all'ingiù, Fumiko non vide Kazu andarsene, ma sentì con chiarezza i suoi passi allontanarsi. Aveva così paura che prese a rabbrividire come se le avessero gettato addosso dell'acqua gelida.

«Mi stai prendendo in giro. Guardami! Cosa posso fare?»

Nessuna risposta. Fumiko cominciò a tremare violentemente.

La donna in abito bianco continuava a fissarla con un'espressione terrificante negli occhi. Non somigliava affatto alla donna che fino a poco prima stava leggendo tranquilla il suo libro.

«Aiutatemi! Vi prego, aiutatemi!» urlò Fumiko verso la porta della cucina.

Kazu tornò con tutta calma. Fumiko non poteva vederlo, ma Kazu reggeva in mano una caraffa di vetro piena di caffè. Fumiko sentì i suoi passi avvicinarsi, ma non aveva idea di cosa stesse accadendo. Prima le regole, poi il fantasma e adesso la maledizione. Era una completa follia.

Kazu non si era neppure degnata di dirle se intendeva aiutarla oppure no. Fumiko stava per rimettersi a gridare aiuto a squarciagola.

Ma proprio in quel momento...

«Vuole dell'altro caffè?» chiese Kazu come se niente fosse.

Fumiko era furibonda. Ignorandola nel momento del bisogno, non solo Kazu non l'aiutava, ma si metteva persino a offrire dell'altro caffè alla donna in abito bianco. Sì, Fumiko era allibita. "Mi aveva detto chiaramente che era un fantasma, e io ho sbagliato a non crederle. Ho sbagliato anche a prenderla per un braccio per farla spostare dalla sedia. Ma anche se ho urlato aiuto con tutte le mie forze, la ragazza mi ha ignorato e adesso, come se nulla fosse, sta chiedendo a quella donna se vuole dell'altro caffè! Perché mai un fantasma dovrebbe volere del caffè?"

«Mi state prendendo in giro!» fu tutto quello che Fumiko riuscì ad articolare.

«Sì, grazie», rispose senza esitazione un'inquietante voce eterea.

A parlare era stata la donna in abito bianco. Tutto d'un tratto, il corpo di Fumiko si fece più leggero.

«Ahhh...»

La maledizione era stata spezzata. Fumiko, liberata dalla pressione che la schiacciava a terra, si alzò in ginocchio ansimante e fissò Kazu.

Kazu ricambiò il suo sguardo, come a chiederle "Hai qualcosa da dire?" e scrollò la testa con aria indifferente. La donna in abito bianco bevve un sorso di caffè caldo e tornò tranquilla al suo libro.

Kazu si comportava come se non fosse successo niente di strano e scomparve in cucina per rimettere a posto la caraffa. Fumiko allungò di nuovo la mano per toccare la spalla della donna terribile in abito bianco. Le sue dita la sentivano. "Questa donna è qui. Esiste davvero."

Fumiko non ci capiva più nulla. La situazione era assurda, ma di sicuro l'aveva sperimentata in prima persona quando il suo corpo era stato schiacciato a terra da una forza invisibile. Per quanto non riuscisse a spiegarsi le cose razionalmente, il suo cuore aveva già compreso la situazione e pompato litri e litri di sangue nel corpo.

Si alzò in piedi e andò al bancone, con una strana sensazione di vertigine. In quel momento Kazu tornò dalla cucina.

«Ma è davvero un fantasma?» le chiese Fumiko.

«Sì», si limitò a risponderle Kazu, riempiendo la zuccheriera.

"Allora, è appena successa una cosa del tutto impossibile..." Fumiko ricominciò a fare ipotesi tra sé e sé. "Se il fantasma... e la maledizione... sono successi per davvero, vuol dire che anche la storia del viaggio nel tempo potrebbe essere vera!"

L'esperienza della maledizione aveva convinto Fumiko che era possibile *tornare nel passato*. Ma c'era ancora un problema.

Si trattava di quella regola... Per poter tornare indietro nel tempo, bisognava sedersi su una sedia ben precisa. "Ma seduta su *quella* sedia c'è una donna fantasma. Qualsiasi cosa le dica, lei non lo sente. E quando ho cercato di spostarla con la forza, lei mi ha maledetto. Adesso cosa posso fare?"

«Devi solo aspettare», le rispose Kazu, quasi avesse sentito i suoi pensieri.

«Cosa intendi?»

«Ogni giorno, c'è un momento in cui va in bagno.»

«I fantasmi hanno bisogno di andare in bagno?»

«Mentre lei non c'è, ti puoi sedere al suo posto.»

Fumiko la guardò fisso negli occhi, e Kazu annuì impercettibilmente. Non sembrava esserci altra soluzione. Quanto alla domanda di Fumiko sui bisogni corporali dei fantasmi, Kazu non era sicura se fosse sincera curiosità o semplice ironia, perciò decise di ignorarla con la sua solita espressione impassibile.

Fumiko trasse un respiro profondo. Un attimo prima si sarebbe aggrappata a una spiga di grano per non affogare. Adesso che aveva finalmente la spiga in mano, non se la sarebbe certo lasciata sfuggire. Un giorno aveva letto la storia di un uomo che era diventato milionario partendo da una semplice spiga di grano. Se voleva diventare milionaria, non doveva sprecare la sua chance.

«Va bene... allora vuol dire che aspetterò!»

«D'accordo, ma devi sapere che lei non fa distinzione tra giorno e notte.»

«Va bene, aspetterò comunque», disse Fumiko, stringendo disperata la sua spiga. «A che ora chiudete?»

«L'orario di chiusura sarebbe alle venti, ma se decidi che vuoi aspettare, puoi rimanere tutto il tempo che serve.»

«Grazie!»

Fumiko si sedette in mezzo ai tre tavolini, con la sedia rivolta verso la donna in abito bianco. Incrociò le braccia e inspirò profondamente dal naso.

«Mi metterò su *quella* sedia!» annunciò, fissando la donna in abito bianco, che stava leggendo il suo libro, come al solito.

Kazu fece un lieve sospiro.

Din-don

«Buongiorno, benvenuta!» disse Kazu, usando la sua solita formula di saluto. «Kōtake!»

Ferma sulla soglia c'era una donna sulla quarantina.

Kōtake indossava un cardigan blu su un camice da infermiera e sulle spalle portava uno zaino. Ansimando come se avesse corso, si teneva una mano sul petto nel tentativo di rallentare il respiro.

«Grazie per avermi chiamata», disse parlando in fretta.

Kazu annuì con un sorriso e scomparve dentro la cucina.

Kōtake fece qualche passo verso il tavolo più vicino all'ingresso e rimase in piedi accanto all'uomo che si chiamava Fusagi. Lui non parve notarla.

«Fusagi», disse Kōtake nel tono gentile che normalmente si riserverebbe a un bambino.

Sulle prime l'uomo non mostrò reazione, come se non l'avesse neppure sentita. Poi notandola con la coda dell'occhio, si girò verso di lei con lo sguardo vuoto.

«Kōtake», balbettò.

«Sì, sono io», ribatté Kōtake articolando bene le parole.

«Che ci fai qui?»

«Avevo un po' di tempo libero e mi è venuta voglia di un caffè.»

«Ah... va bene», disse Fusagi.

L'uomo tornò a fissare la sua rivista, mentre Kōtake si sedette sulla sedia di fronte, continuando a fissarlo come se niente fosse. Lui non reagì e anzi girò la pagina.

«Ho sentito che negli ultimi tempi vieni qui spesso», disse Kōtake, studiando ogni angolo e fessura del locale come una cliente alla sua prima visita.

«Eh, già», si limitò a rispondere Fusagi.

«Ti sei affezionato a questo posto, vero?»

«Oh, non particolarmente», si giustificò lui, con un tono che rivelava quanto in realtà si fosse affezionato. Un leggero sorriso gli si formò sulle labbra. «Sto aspettando», sussurrò.

«Cosa stai aspettando?»

Lui si girò e guardò il punto in cui sedeva la donna in abito bianco.

«Che lasci libero il posto», rispose. Il suo sguardo tradì uno scintillio infantile.

Non è che Fumiko stesse origliando, ma il caffè era davvero un buco. «Cosa?!» esclamò sorpresa sentendo che anche Fusagi stava aspettando che la donna in abito bianco andasse in bagno per poter tornare nel passato.

Kōtake si girò verso di lei, ma Fusagi non le prestò attenzione.

«È così?» gli chiese Kōtake.

«Eh, già», fu tutto quello che riuscì a rispondere Fusagi mentre beveva un altro sorso di caffè.

Fumiko era agitata. "Accidenti, non voglio entrare in competizione."

Dopotutto... si rese conto all'istante che se avevano entrambi lo stesso obiettivo, quella in svantaggio era lei. Quando era entrata nel caffè, Fusagi era già lì. E se lui era lì da prima, il suo turno veniva prima. Se non altro per una questione di buone maniere, non avrebbe certo saltato la coda. La donna in abito bianco andava in bagno solo una volta al giorno, quindi ogni giorno c'era solo una possibilità di sedersi al suo posto.

Ma Fumiko voleva tornare indietro nel tempo subito. Non poteva tollerare il pensiero di aspettare un altro giorno, e non poteva nascondere la sua agitazione di fronte a questa piega inaspettata degli eventi. Si sporse di lato e tese le orecchie per cercare di capire se davvero Fusagi intendesse tornare nel passato.

«Sei riuscito a sederti al suo posto, oggi?» chiese Kōtake.

«No, oggi no.»

«Oh, non ce l'hai fatta?»

«Eh, no...»

La loro conversazione non faceva che confermare i suoi peggiori sospetti. Fumiko abbozzò un'aria imbronciata.

«Fusagi, cosa vuoi fare quando torni nel passato?»

Non c'era ombra di dubbio, Fusagi stava aspettando che la donna in abito bianco andasse in bagno. Questa rivelazione fu un brutto colpo per Fumiko, che fece un'aria triste e tornò ad afflosciarsi sul tavolo. La conversazione proseguì.

«Hai qualcosa da sistemare?»

«Oh, be'», rispose Fusagi, meditabondo. «È il mio segreto», ribatté infine con un sorrisetto da ragazzino.

«Il tuo segreto?»

«Già.»

Anche se Fusagi aveva detto che era un segreto, Kōtake

sorrise come se ci fosse qualcosa di divertente, poi si girò verso la donna in abito bianco.

«Ma sembra che oggi non abbia voglia di andare in bagno, non trovi?»

Questa Fumiko non se l'aspettava, e reagì all'istante, sollevando la testa dal tavolo. Fu un gesto così rapido che quasi non si fece sentire. "Possibile che oggi non vada in bagno? Kazu ha detto che ci va una volta al giorno. Ma come ha fatto notare quella donna, magari oggi c'è già andata... No, non può essere. Spero proprio che non sia così."

Pregando che non fosse così, Fumiko attese trepidante la frase successiva di Fusagi.

«Già, forse hai ragione», rispose arrendevole.

"Non esiste!" Fumiko spalancò la bocca come per lanciare un grido, ma all'improvviso rimase intontita dallo shock. "Perché la donna in abito bianco non dovrebbe aver voglia di andare in bagno? Cosa sa che io non so la donna di nome Kōtake?" Aveva un bisogno disperato di risposte.

Eppure sentiva di non dover interrompere la conversazione. Era sempre stata convinta che interpretare la situazione fosse fondamentale, e in quel preciso momento il linguaggio del corpo di Kōtake urlava "Non t'immischiare!" In che cosa non dovesse immischiarsi non le era del tutto chiaro, ma di sicuro tra quei due stava succedendo qualcosa e gli estranei non erano i benvenuti.

«Allora... che ne dici di andarcene?» suggerì Kōtake facendogli una moina.

Era di nuovo la sua grande occasione. Mettendo da parte il dubbio che la donna in abito bianco fosse già andata in bagno per quel giorno, se Fusagi avesse sgombrato il campo non avrebbe più avuto un rivale.

Quando Kōtake aveva suggerito che la donna in abito bianco forse non si sarebbe mossa dal suo posto per quel giorno, Fusagi si era limitato ad assentire: «Forse hai ragione». Ma aveva detto *forse*. Era del tutto plausibile che intendesse: "In ogni caso, aspetto e vediamo". Fosse stata in lui, Fumiko avrebbe sicuramente aspettato. Concentrò tutta la sua energia mentale mentre attendeva la risposta, cercando di non apparire troppo ansiosa. Era come se fosse diventata tutt'orecchie.

Fusagi guardò la donna in abito bianco, poi fece una pausa, immerso nei suoi pensieri. «D'accordo, andiamo», rispose alla fine.

La risposta fu così semplice e immediata che Fumiko non perse neanche un battito, ma l'eccitazione era alle stelle e il cuore le correva al galoppo.

«Bene, allora quando hai finito il caffè andiamo», disse Kōtake, guardando la tazza mezza piena.

Adesso sembrava che Fusagi non vedesse l'ora di andar via. «No, va bene lo stesso, tanto ormai si è raffreddato», disse mentre raccoglieva impacciato la rivista, il taccuino e la matita e si alzava dalla sedia.

Indossando la sua giacca con le maniche felpate – un modello usato di solito dai muratori –, andò alla cassa nello stesso momento in cui Kazu con un tempismo impeccabile usciva dalla cucina. Fusagi le porse lo scontrino del suo tavolo.

«Quanto le devo?» chiese.

Kazu digitò il totale pigiando sui grossi tasti dell'antico registratore di cassa. Nel frattempo, Fusagi frugava nella sua borsa, nella tasca della sua camicia, nella sua tasca di dietro e in qualsiasi altro posto gli venisse in mente...

«Che strano, il mio portafoglio...» borbottò.

Evidentemente era venuto al caffè senza portafoglio. Dopo aver cercato ancora e ancora sempre negli stessi posti, Fusagi rimase incerto, irritato, quasi in lacrime.

Un attimo dopo Kōtake gli sventolò sotto il naso un portafoglio, lasciandolo di stucco.

«Eccolo qua.»

Era un portafoglio da uomo in pelle piuttosto consumato, ripiegato in due, gonfiato da quella che sembrava una mazzetta di ricevute. Fusagi si fermò un istante, osservando con sincero stupore il portafoglio che gli stava davanti. Alla fine lo prese senza dire una parola.

«Quant'è?» chiese frugando nel portamonete con un gesto che pareva abituale.

Kōtake non aprì bocca, rimase solo alle spalle di Fusagi, gli occhi fissi su di lui mentre pagava. «Trecentottanta yen.»

Fusagi tirò fuori una moneta e la porse a Kazu.

«Bene, mi ha dato cinquecento yen...»

Kazu prese la moneta e la fece scivolare nel registratore di cassa. *Din din...* Poi prese il resto dal cassetto. «Centoventi a lei», disse quindi mettendogli in mano i soldi e lo scontrino.

«Grazie per il caffè», ribatté lui, mettendosi il resto nel portafoglio. Quindi infilò il portafoglio nella borsa e si diresse alla porta, senza più badare a Kōtake.

Din-don

Kōtake non parve risentirsi per il suo atteggiamento. «Grazie», si limitò a dire, e lo seguì fuori.

Din-don

«Erano un po' strani», borbottò Fumiko.

Kazu sparecchiò il tavolino dov'era seduto Fusagi e scomparve di nuovo in cucina.

L'apparizione improvvisa di un possibile rivale aveva irritato Fumiko, ma adesso che restavano solo lei e la donna in abito bianco si sentì la vittoria in pugno.

"Bene, la gara è finita. Adesso devo solo aspettare che liberi il posto", si disse. Eppure il caffè non aveva finestre e i tre orologi da parete mostravano ognuno un'ora diversa. Senza clienti che andavano e venivano, il suo senso del tempo cominciò a svanire.

Per paura di addormentarsi, si mise a ripetere le regole per tornare nel passato.

Prima regola: *Le uniche persone che si possono incontrare nel passato sono quelle entrate nel caffè.* L'ultima conversazione con Gorō era avvenuta proprio in quel caffè.

Seconda regola: *Qualunque cosa si faccia quando si è nel*

passato, non si può cambiare il presente. In altre parole, anche se Fumiko fosse tornata a quel giorno della settimana prima e avesse supplicato Gorō di non partire, lui sarebbe andato in America comunque. Non riusciva a capire perché fosse così e le veniva ancora il nervoso a pensarci, ma si rassegnò ad accettarlo, visto che non poteva fare altrimenti.

Terza regola: *Per tornare nel passato, bisogna sedersi solo e u-nicamente su quella sedia.* Era la sedia occupata dalla donna in abito bianco, e se si provava a sedersi con la forza, si veni-va maledetti.

Quarta regola: *Quando si torna nel passato bisogna restare su quella sedia e non ci si può muovere di lì.* In poche parole, per una ragione o per l'altra, nel passato non si poteva an-dare in bagno.

Quinta regola: *C'è un limite di tempo.* A pensarci bene, Ka-zu non le aveva ancora spiegato i dettagli di questa quinta re-gola. Non aveva idea di quanto tempo avesse a disposizione.

Fumiko pensò e ripensò alle regole. Le sue riflessioni fa-cevano su e giù. Si disse che tornare nel passato era inutile, ma poi pensò alla possibilità di riprendere quella conversa-zione e dire tutto quello che voleva. In fin dei conti, che male c'era, visto che comunque non avrebbe alterato il pre-sente? Fumiko ripeté ancora e ancora ogni singola regola, finché non reclinò la testa sul tavolo e scivolò nel sonno.

*

La prima volta che Fumiko era venuta a sapere del so-gno nel cassetto di Gorō era stato quando lo aveva convin-to a uscire per il loro terzo appuntamento. Era un fanatico dei MMORPG (*Massively Multiplayer Online Role-Playing Ga-mes*), ovvero dei giochi di ruolo che si svolgono online con più giocatori reali connessi. Suo zio era uno dei creatori del MMORPG chiamato *Arm of Magic*, un gioco popolare in tutto il mondo. Sin da ragazzo, Gorō era stato un suo gran-de ammiratore e il suo sogno era entrare nell'azienda pro-duttrice di videogiochi gestita dallo zio, la TIP-G. Per poter accedere alla selezione erano indispensabili due caratteristiche: 1) avere almeno cinque anni di esperienza come ingegnere dei sistemi nell'industria medica e 2) aver sviluppato personalmente un nuovo programma di gioco inedito. Dall'affidabilità dei sistemi nell'industria medica dipendono vite umane, e i *bugs* non sono tollerati. Nell'industria dei videogiochi online, invece, le persone sopportano i *bugs* perché è possibile porvi rimedio applicando un aggiornamento, anche dopo l'uscita dal gioco.

Ma la TIP-G era diversa: prendeva in considerazione candidati con esperienza nell'industria medica per essere certa di assumere solo i programmatori più abili. Quando Gorō ne aveva parlato con Fumiko, lei aveva pensato che era un sogno meraviglioso. Quello che non sapeva era che la sede centrale della TIP-G si trovava in America.

Al loro settimo appuntamento, mentre Fumiko aspettava Gorō, un paio di uomini le si erano avvicinati per attaccare bottone. Era chiaro che volevano rimorchiarla. Non erano male, ma lei non era interessata. Gli uomini cercavano sempre di abbordarla, perciò ormai aveva sviluppato una tecnica infallibile per liberarsene. Prim'ancora che potesse metterla in pratica, Gorō era arrivato e si vedeva che non l'aveva presa bene. Fumiko gli era corsa incontro, ma i due uomini avevano reagito prendendo in giro Gorō e chiedendole come facesse a stare con quella specie di *nerd*. A quel punto, lei non aveva potuto far altro che attaccare il suo solito discorsetto.

Gorō aveva chinato la testa senza dire una parola, ma nel frattempo lei aveva affrontato quei due dicendo: «Voi non avete idea di quant'è affascinante» (in inglese), «È così in gamba da assumersi incarichi di lavoro difficilissimi» (in russo), «Ha la disciplina mentale giusta per non arrendersi mai» (in francese), «Ha la capacità di rendere l'impossibile possibile» (in greco), «So che ha fatto sforzi incredibili per acquisire tale capacità» (in italiano) e «Ha più fascino di qualsiasi altro uomo io conosca» (in spagnolo). Poi, in giapponese, aveva aggiunto: «Se avete capito cos'ho appena detto, posso prendere in considerazione l'ipotesi di uscire con voi».

Visibilmente sconcertati, i due uomini erano rimasti senza parole, quindi si erano guardati e avevano preferito andar via per risparmiarsi altre brutte figure.

Fumiko aveva rivolto un gran sorriso a Gorō. «Ovviamente immagino che tu abbia capito tutto quello che ho detto, giusto?» gli aveva chiesto, stavolta in portoghese.

Gorō aveva annuito imbarazzato.

Poi, al decimo appuntamento, Gorō le aveva confessato di non aver mai avuto una ragazza in vita sua.

«Ah, quindi sono io la prima, giusto?» aveva esclamato Fumiko tutta contenta. Era la prima volta che dichiarava ad alta voce che loro due stavano insieme, e a quella notizia Gorō aveva sgranato gli occhi.

Si potrebbe dire che quella sera aveva segnato l'inizio della loro relazione.

*

Fumiko stava dormicchiando, quando la donna in abito bianco chiuse di scatto il suo libro e sospirò. Poco dopo prese un fazzoletto bianco dalla borsa, si alzò lentamente e si avviò verso il bagno.

Fumiko non si era accorta di niente, ma Kazu sbucò dalla porta sul retro, ancora con la divisa addosso: camicia bianca, papillon nero, gilet, pantaloni neri e grembiule.

«Ehi!» le disse mentre sparecchiava il tavolino.

«Cosa? Che c'è?» saltò su Fumiko, sbattendo gli occhi e guardandosi attorno finché non notò il cambiamento.

La donna in abito bianco si era alzata. «Oh!»

«Adesso il posto è libero. Ti va di sederti?»

«Ma certo!» esclamò Fumiko.

Si alzò e corse verso la sedia che prometteva di trasportarla nel passato. Sembrava una sedia qualsiasi, niente di strano. Mentre stava lì in piedi, a fissarla con un desiderio spasmodico, il cuore prese a batterle forte in petto. Aveva finalmente superato tutte le regole e persino la maledizione, e adesso aveva il suo biglietto per il passato.

«D'accordo, riportami a una settimana fa.»

Fumiko trasse un respiro profondo, cercò di calmare il battito del cuore e si strinse nell'angusto spazio tra la sedia e il tavolo. Nella sua testa era convinta che non appena avesse appoggiato il sedere su *quella* sedia si sarebbe ritrovata a una settimana prima, perciò il nervosismo e l'eccitazione erano alle stelle. Si sedette con una tale foga che per poco non rimbalzò di nuovo in piedi.

«Bene, allora indietro di una settimana!» esclamò.

Si guardò attorno con il cuore trepidante. Non sapeva se fosse notte o giorno, visto che non c'erano finestre. I tre vecchi orologi da parete con le lancette rivolte tutte in direzioni diverse non erano di grande aiuto. Ma qualcosa doveva essere cambiato. Si guardò ancora attorno cercando disperatamente un segno che fosse tornata nel passato, ma non riusciva a individuare una singola differenza. Se fosse stata una settimana prima, Gorō sarebbe stato lì davanti a lei, e invece non lo vedeva da nessuna parte...

«Non sono tornata indietro, vero?» balbettò. "Non ditemi che sono stata una stupida a credere in quest'assurdità del viaggio nel tempo."

Proprio quando stava per crollare, Kazu si presentò portando un vassoio d'argento con una caffettiera d'argento e una tazza di caffè bianca.

«Non sono ancora tornata indietro!» sbottò Fumiko.

L'espressione di Kazu era impassibile come al solito. «C'è ancora una regola», disse in tono gelido.

"Accidenti, un'altra regola!" Allora non sarebbe bastato sedersi su *quella* sedia.

Fumiko cominciava davvero a non poterne più. «Ancora regole?» sbuffò, sentendosi al tempo stesso quasi sollevata. Significava che tornare nel passato era ancora possibile.

Kazu proseguì la sua spiegazione senza dimostrare il minimo segno di interesse per i sentimenti di Fumiko. «Adesso ti verso una tazza di caffè», disse posandole la tazza di fronte.

«Caffè? Perché il caffè?»

«Il tuo tempo nel passato comincerà dal momento in cui verso il caffè nella tazza...» spiegò Kazu ignorando la domanda di Fumiko, che comunque era rassicurata dall'imminente inizio del viaggio. «E devi tornare prima che il caffè si raffreddi.»

L'ottimismo di Fumiko svanì all'istante. «Come? Così presto?»

«E adesso l'ultima regola, la più importante di tutte...»

"Le chiacchiere non finiscono più." Fumiko non vedeva l'ora di partire. «Troppe regole...» balbettò afferrando la tazza che aveva di fronte. Una semplice tazza anonima in cui non era ancora stato versato il caffè. Solo che sembrava molto più fredda della solita porcellana.

«Mi ascolti?» proseguì Kazu. «Quando torni nel passato, devi bere tutta la tazza prima che il caffè si raffreddi.»

«Sì, ma in realtà non è che il caffè mi piaccia molto.»

Kazu sgranò gli occhi e si chinò fino a sfiorare il naso di Fumiko.

«Questa è una regola a cui devi ubbidire per forza», disse con un filo di voce.

«Davvero?»

«Sì, altrimenti ti succederà qualcosa di orribile...»

«Co-cosa?»

Fumiko si sentiva a disagio. Certo, si aspettava qualche sorpresa del genere: in fondo, viaggiare nel tempo significava violare le leggi della natura e accettare tutti i rischi del caso. Ma non poteva credere che Kazu avesse scelto proprio quel momento per fare il suo annuncio. Una voragine si era appena aperta nell'ultimo tratto prima del traguardo finale. Non che volesse ripensarci, intendiamoci, non dopo essersi spinta così lontano. In preda all'ansia, guardò Kazu negli occhi.

«Cosa? Cosa mi succederà?»

«Se non bevi tutto il caffè finché è caldo...»

«...se non bevo il caffè?»

«Toccherà a te diventare il fantasma seduto su questa sedia.»

Un lampo divampò nella testa di Fumiko. «Sul serio?»

«La donna che era seduta qui poco fa...»

«Ha infranto la regola?»

«Esatto. Era tornata indietro per rivedere il marito morto. Deve aver perso la nozione del tempo; quando alla fine se n'è accorta, il caffè era ormai diventato freddo.»

«...e allora è diventata un fantasma?»

«Sì.»

"È più rischioso di quanto pensassi", pensò Fumiko. C'erano un mucchio di regole irritanti. Aver incontrato un fantasma ed essere stata maledetta era già di per sé incredibile, ma adesso la posta in gioco era persino più alta.

"Va bene, posso tornare nel passato. Però, ho tempo solo finché il mio caffè è caldo. Non ho idea di quanto tempo impieghi un caffè a raffreddarsi, ma di sicuro non molto. Se non altro, il tempo di berlo, anche se non mi piace. Perciò, almeno di questo non mi devo preoccupare. Ma nell'ipotesi che io non lo beva e diventi un fantasma, ecco, questo mi darebbe un po' fastidio. Supponiamo che io non possa cambiare il presente tornando nel passato, per quanto mi sforzi: in questo non ci sono rischi. Forse nessun vantaggio, ma di sicuro nessuno svantaggio. Diventare un fantasma, invece, quello sì che è un bel pericolo."

Fumiko non riusciva a decidersi. Era assalita da un'infinità di paure, la più imminente delle quali era il gusto rivoltante del caffè che Kazu le stava per versare. "E se fosse aromatizzato al pepe? E se sapesse di *wasabi*? Come potrei riuscire a bere un'intera tazza di quella roba?"

Sentendo che stava per diventare paranoica, scrollò la testa nel tentativo di scacciare l'ondata di ansia che la assaliva.

«Bene. Devo semplicemente bere il caffè prima che si raffreddi, giusto?»

«Sì.»

Ormai aveva deciso. O meglio, un'ostinata risoluzione si era impossessata di lei.

Kazu si limitava a restarle di fronte, impassibile. Fumiko pensò che se invece le avesse detto: "Scusami tanto, ma proprio non ci riesco", la sua reazione sarebbe stata esattamente la stessa. Chiuse per un istante gli occhi, si appoggiò con i pugni chiusi in grembo e inspirò profondamente dal naso come per concentrarsi.

«Sono pronta», annunciò, guardando Kazu negli occhi. «Versami pure il caffè.»

Kazu annuì e prese la caffettiera d'argento dal vassoio con la mano destra, poi la fissò un po' restia. «L'importante è bere il caffè prima che si raffreddi», si raccomandò.

Kazu cominciò a versare il caffè nella tazza come se niente fosse, eppure Fumiko avrebbe giurato di assistere a un'antica cerimonia.

Appena Fumiko vide il vapore salire cangiante dalla tazza, ogni cosa attorno al tavolo cominciò anch'essa a flettersi e diventare indistinguibile dal vortice di fumo bollente. La paura la invase e chiuse gli occhi. La sensazione di essere ormai anche lei cangiante e distorta, come il filo di vapore che saliva dalla tazza, si fece ancora più intensa. Strinse forte i pugni. "Se continua così, non mi ritroverò nel presente o nel passato, ma svanirò in una nuvola di vapore." Per evitare di essere risucchiata dall'ansia, ripensò alla volta in cui aveva conosciuto Gorō.

*

Era la primavera di due anni prima. Lei aveva ventisei anni, tre più di lui, ed era stata distaccata presso un'azienda cliente. Anche Gorō era stato assegnato allo stesso ufficio, ma lavorava per un'altra azienda. In qualità di direttore del progetto, Fumiko era a capo di tutto il personale fuori sede.

Fumiko non si era mai tirata indietro se aveva qualche critica da muovere, neanche con i suoi superiori. Anzi, le era persino capitato di discutere con dei colleghi più anziani. Ma a lei nessuno aveva mai mosso critiche. Fumiko era sempre onesta e diretta, e la sua abnegazione per il lavoro era molto ammirata.

Anche se Gorō era più giovane, dimostrava una trentina d'anni. A essere sinceri, sembrava molto più vecchio della sua età. Sulle prime Fumiko aveva pensato di essere più giovane e si era rivolta a lui con la dovuta deferenza. Anche perché, pur essendo il più giovane del team, Gorō era il più competente. Era un ingegnere altamente qualificato che lavorava senza fare tante chiacchiere, e Fumiko aveva impiegato poco a capire che poteva fidarsi di lui.

Il progetto diretto da Fumiko volgeva quasi al termine, ma poco prima della data di consegna era venuto fuori un grave *bug*. C'era un errore o un difetto nel programma, e quando si tratta di sistemi medici anche un *bug* apparentemente secondario può rivelarsi un problema serio. Consegnare il sistema in quello stato era impensabile, ma trovare la causa di un *bug* è come isolare e rimuovere una goccia d'inchiostro caduta in una piscina di venticinque metri. Non solo dovevano affrontare un compito gigantesco e scoraggiante, ma erano obbligati a farlo in tempi rapidissimi.

In quanto direttore del progetto, la responsabilità di soddisfare le condizioni di consegna ricadeva sulle spalle di Fumiko, e la *dead line* era una settimana dopo. Purtroppo lo sapevano tutti che ci voleva almeno un mese per sistemare un *bug* di quella portata, perciò erano rassegnati a non rispettare la data di scadenza e Fumiko stava per rassegnare le dimissioni. In tutto quel trambusto, Gorō scomparve all'improvviso dal posto di lavoro. Scomparve senza dirlo a nessuno e nessuno sapeva che fine avesse fatto. Un commento negativo tirava l'altro, e alla fine si convinsero tutti che la colpa del *bug* fosse sua e che si vergognasse talmente da non farsi più vedere in ufficio.

Non c'erano prove concrete che portassero a una simile conclusione, ma se il progetto si rivelava un grosso fallimento, era sempre meglio avere qualcuno a cui dare la colpa. E siccome l'unico assente era lui, divenne il capro espiatorio perfetto, e Fumiko era tra quelli che lo sospettavano di più. Ma dopo quattro giorni Gorō si presentò all'improvviso annunciando di aver trovato il *bug*.

Aveva la barba lunga ed emanava un odore non proprio gradevole, ma nessuno si sognò di farglielo notare. A giudicare dalle occhiaie, forse non aveva neppure dormito, mentre gli altri membri del team, compresa Fumiko, avevano deciso che era un'impresa troppo difficile e perciò avevano rinunciato. E invece, come per miracolo, Gorō ce l'aveva fatta. Sparire senza permesso andava contro le regole base di qualsiasi azienda, è vero, però lui aveva dimostrato un'abnegazione maggiore di chiunque altro e aveva avuto successo dove gli altri programmatori avevano fallito.

Dopo che Fumiko espresse la sua più sincera gratitudine e si scusò chinando il capo per aver anche solo pensato che la colpa fosse sua, Gorō si limitò semplicemente a rivolgerle un sorriso.

«Okay, allora che ne dici di offrirmi un caffè?» le propose.

In quel preciso momento, Fumiko si innamorò.

Portata a termine con successo la consegna, le loro strade si erano divise e le occasioni per vedersi erano diminuite. Eppure Fumiko non voleva rinunciare e lo invitava fuori ogni volta che poteva, con la scusa di dovergli ancora offrire il caffè.

L'approccio di Gorō al lavoro era ossessivo. Quando aveva un obiettivo da raggiungere, per lui non esisteva nient'altro. Fumiko venne a sapere che la TIP-G aveva sede in America quando andò a trovarlo a casa sua e lui gliene parlò con un tale entusiasmo da farla preoccupare. "Quando il suo sogno si avvererà, quale sarà la sua scelta, il suo sogno o me? Non devo pensare così, non c'è confronto. Ma accidenti..."

Poi, piano piano, capì che perderlo sarebbe stata una sofferenza insopportabile. Non riusciva più neanche a chiedersi cosa provasse per lei.

Il tempo passava, e alla fine quella primavera Gorō ricevette un'offerta di lavoro dalla TIP-G. Il suo sogno si era realizzato.

L'ansia di Fumiko era giustificata. Gorō aveva scelto di andare in America. Aveva scelto il suo sogno. Lei l'aveva saputo una settimana prima, in quello stesso caffè. E adesso riapriva gli occhi sentendosi disorientata, come al risveglio da un sogno.

La sensazione di essere uno spirito che volteggiava e fluttuava come uno sbuffo di vapore l'abbandonò, e Fumiko ricominciò ad avere consapevolezza dei suoi arti. In un accesso di panico, si tastò il viso e il corpo per assicurarsi di essere proprio lei. Quando tornò in sé, un uomo la stava fissando incuriosito.

Era Gorō. Gorō, che in quel momento doveva essere in America, era proprio lì di fronte a lei. Allora era davvero tornata nel passato! Fumiko comprese all'istante la ragione del suo sguardo incuriosito. Non c'erano dubbi, era tornata a una settimana prima. L'interno del locale era esattamente come se lo ricordava.

L'uomo che si chiamava Fusagi leggeva una rivista al tavolino più vicino all'ingresso; Hirai era seduta al bancone e c'era anche Kazu. Di fronte a lei c'era Gorō, allo stesso tavolo di quel giorno. Solo una cosa era diversa: la sedia su cui era seduta Fumiko.

Una settimana prima lei era seduta di fronte a Gorō, e invece adesso erano a due tavolini diversi. Era ancora di fronte a lui, ma non allo stesso tavolo. "È così lontano..." Il suo sguardo confuso era del tutto giustificato.

Strano o no, lei non poteva lasciare quel posto. Era una delle regole. "Ma cosa faccio se mi chiede perché sono seduta qui? Cosa gli rispondo?" Fumiko rabbrividì al pensiero.

«Oddio, è già così tardi? Scusa tanto, ma devo proprio andare.»

Nonostante la sua aria perplessa e la strana disposizione delle loro sedie, Gorō aveva pronunciato le stesse parole della settimana prima. Doveva essere una regola non scritta dei viaggi nel tempo.

«Ah, va bene. Sei di fretta, vero? In effetti, anch'io non ho molto tempo.»

«Cosa?»

«Mi dispiace.»

Non erano sulla stessa lunghezza d'onda e la conversazione non avrebbe portato molto lontano.

Anche se conosceva alla perfezione il momento a cui aveva fatto ritorno, Fumiko era ancora confusa. In fin dei conti, era la prima volta che tornava nel passato.

Per darsi il tempo di recuperare, bevve un sorso di caffè osservando l'espressione di Gorō da dietro la tazza.

"Oh no, il caffè è già tiepido! Tra poco sarà freddo!"

Fumiko era agitata: a quella temperatura, avrebbe dovuto buttarlo giù tutto d'un sorso. Era un contrattempo inaspettato. Guardò male Kazu. Odiava la sua aria perennemente impassibile. Ma c'era dell'altro...

«Argh... quant'è amaro!»

Il gusto era persino peggiore di quanto temesse. Era il caffè più amaro che avesse mai assaggiato. Gorō la fissò incuriosito sentendo i suoi strani versi.

Grattandosi il sopracciglio destro, Gorō guardò il suo orologio. Aveva fretta e Fumiko lo capiva: in fondo aveva fretta anche lei.

«Ehm, ho una cosa importante da dirti!» esclamò di getto, rovesciando lo zucchero nel caffè. Poi versò il latte e prese a mescolare con forza facendo tintinnare il cucchiaino.

«Cosa?» chiese Gorō, accigliandosi.

Fumiko non sapeva se quella smorfia fosse dovuta alla quantità di zucchero che stava versando o all'idea che lei dovesse parlargli di una cosa seria proprio in quel momento.

«Quello che intendo è... che vorrei parlarne per bene.»

Gorō guardò di nuovo l'orologio.

«Aspetta un att...» Fumiko bevve un altro sorso e annuì compiaciuta. Prima di conoscere Gorō non aveva mai bevuto il caffè, e l'aveva usato come pretesto solo per uscire con lui. Vederla scaricare una quantità spropositata di latte e zucchero nel caffè, che lei detestava, lo fece sorridere.

«Ehi, qui la situazione è grave e tu mi prendi in giro per il caffè?»

«Ma figurati!»

«Ma certo, si vede benissimo! Non puoi negarlo, ti si legge in faccia.»

Fumiko si pentì di aver perso il filo della conversazione. Aveva fatto l'impossibile per tornare nel passato, e adesso le cose andavano esattamente come la settimana prima. Lo stava di nuovo allontanando con le sue provocazioni da ragazzina.

Gorō si alzò con aria nervosa e chiamò Kazu da dietro il bancone.

«Mi scusi... Quanto le devo?»

Fumiko sapeva che se non avesse fatto qualcosa Gorō avrebbe pagato e se ne sarebbe andato. «Aspetta!»

«Va bene, lasciamo stare.»

«Non era questo che volevo dirti.»

«E cosa, allora?»

("Non andar via.")

«Perché non ne hai parlato prima con me?»

("Non voglio che tu te ne vada.")

«Be', sai...»

«Lo so quanto ci tieni al lavoro e non mi dispiace se vuoi andare in America. Non ti metterò di sicuro i bastoni tra le ruote.»

("Pensavo che saremmo stati insieme per sempre.")

«Ma almeno...»

("Ero solo io a pensarlo?")

«Volevo che almeno ne discutessi prima con me. Sai, non è bello decidere da solo, senza neanche parlarne...»

("Sul serio, io ti...")

«È solo che, be', lo sai...»

("...io ti amavo.")

«Mi fa sentire messa da parte.»

«...»

("Non che questo cambi niente...")

«Sì, be', volevo solo dirtelo.»

Fumiko aveva deciso di parlare con sincerità, tanto comunque il presente non sarebbe cambiato. Ma non riusciva proprio a dirlo. Per lei era come ammettere la sconfitta. Si sarebbe odiata se avesse detto una frase come: "Cosa scegli, il lavoro o me?". Prima di conoscere Gorō, aveva sempre messo il lavoro davanti a tutto, ed era l'ultima cosa al mondo che avrebbe voluto dire. Non voleva neanche fare la figura della donnetta fragile, soprattutto con un fidanzato di tre anni più piccolo: aveva il suo orgoglio da difendere. Forse era anche invidiosa che avesse fatto più carriera di lei, chissà. E così alla fine non era riuscita a parlare con sincerità. E comunque... ormai era troppo tardi.

«D'accordo, allora vai... Fai pure... Tanto non c'è niente che possa dire per farti cambiare idea.»

A quel punto Fumiko si scolò d'un sorso il resto del caffè. «Gasp!»

Appena la tazza si svuotò, ogni cosa attorno a Fumiko riprese a vorticare e lei fu inghiottita nuovamente in quel convulso mondo vertiginoso.

Cominciò a chiedersi: "Perché di preciso sono tornata nel passato?".

«Non ho mai pensato di essere l'uomo giusto per te.»

Non capiva perché Gorō dicesse una cosa simile.

«Quando mi invitavi a bere il caffè», proseguì, «mi dicevo sempre che non dovevo innamorarmi di te...»

«Cosa?»

«Perché ho questa...» Si passò le dita tra i capelli, pettinati in modo da coprirgli il lato destro della fronte, e scoprì una lunga cicatrice da ustione che andava dal sopracciglio all'orecchio destro. «Prima di conoscerti, ho sempre pensato che le donne mi ritenessero ripugnante e non ho mai avuto il coraggio di attaccare discorso.»

«Ma io...»

«Anche dopo che ci siamo messi insieme.»

«*Per me non è mai stato un problema!*» urlò Fumiko, ma ormai era entrata a far parte del vapore e le sue parole non lo raggiunsero.

«Pensavo che nel giro di poco avresti cominciato a guardare uomini più belli.»

("Mai... Come fai a pensare una cosa simile!")

«Ho sempre pensato che...»

("Mai!")

49

Fu uno shock per Fumiko sentirlo parlare così, ma adesso tutto acquistava senso. Più lo amava e pensava al matrimonio, più sentiva crescere tra loro una barriera invisibile.

Quando lei gli chiedeva se l'amava, lui si limitava ad annuire, ma si guardava bene dal pronunciare le parole "Ti amo". Quando camminavano insieme per la strada, Gorō ogni tanto abbassava lo sguardo, quasi a scusarsi, e si grattava il sopracciglio destro. Gorō si era accorto benissimo che gli uomini si giravano sempre a guardarla.

("Figurati se bada a una cosa simile!")

Eppure adesso Fumiko si pentiva di averla pensata così. Per lei era un suo piccolo difetto, mentre per Gorō era un doloroso complesso che lo affliggeva da tempo.

("Non avevo idea che si sentisse così.")

La consapevolezza di Fumiko stava svanendo. Il suo corpo era risucchiato in una sensazione vertiginosa. Gorō si avviava alla cassa con la borsa in mano.

("Il presente non cambierà comunque, ed è giusto che non cambi. Ha fatto la scelta migliore: il suo sogno per lui vale molto più di me. Mi sa che devo rinunciare a Gorō, lo lascerò andare. Gli auguro con tutto il cuore di avere successo.")

Fumiko stava chiudendo lentamente gli occhi iniettati di sangue, quando...

«Tre anni», disse Gorō rivolgendole le spalle. «Ti prego, aspettami per tre anni. Poi torno, te lo prometto.»

La voce era bassa, ma il locale era davvero minuscolo. Ormai fatta di vapore, Fumiko sentì chiaramente le parole di Gorō.

«E quando torno...» Gorō si grattò come al solito il sopracciglio destro, sempre dando le spalle a Fumiko, e aggiunse qualcos'altro che era troppo ovattato per potersi sentire.

«Eh? Cosa?»

In quel momento, la consapevolezza di Fumiko divenne semplice vapore fumante. Mentre si dileguava, Fumiko fece in tempo a vedere Gorō girarsi un attimo prima di uscire dal caffè. Lo vide in faccia solo una frazione di secondo, ma aveva un sorriso meraviglioso, lo stesso di quella volta, in cui le aveva detto: «Che ne dici di offrirmi un caffè?».

*

Quando tornò in sé, Fumiko si ritrovò seduta al suo posto, nel caffè deserto. In bocca aveva ancora un sapore dolce.

In quel preciso momento, la donna in abito bianco tornò dal bagno. Quando vide Fumiko seduta al suo posto, le piombò addosso in silenzio.

«Spostati», disse con un filo di voce, inquietante e potente insieme.

Fumiko rimase a fissarla. «Mi... mi scusi», disse, alzandosi subito.

La sensazione di irrealtà non era ancora svanita. Era tornata davvero nel passato?

Il viaggio nel tempo non avrebbe cambiato il presente, perciò non c'era niente di strano se non sentiva alcuna differenza. Dalla cucina proveniva aroma di caffè e Fumiko si girò da quella parte. Kazu era appena uscita con una tazza di caffè fresco sul vassoio.

Le passò accanto come se niente fosse. Quando arrivò al tavolo della donna in abito bianco, tolse la tazza in cui aveva bevuto Fumiko e la sostituì con la tazza di caffè appena fatto. La donna fece un cenno di ringraziamento con il capo e riprese a leggere il suo libro.

Mentre tornava alla cassa, Kazu chiese a Fumiko, quasi con noncuranza: «Com'è andata?».

Sentendo queste parole, Fumiko si convinse di aver viaggiato per davvero nel tempo. Era tornata a quel giorno, una settimana prima. Ma se avesse...

«Stavo proprio pensando...»

«Sì?»

«Il presente non cambia, giusto?»

«Esatto.»

«Ma che ne è delle cose che succedono dopo?»

51

«Non capisco cosa intendi.»

«Da adesso in poi...» Fumiko scelse con cura le parole. «Da adesso in poi, che ne è del futuro?»

Kazu la guardò dritto negli occhi. «Be', visto che il futuro non è ancora successo, credo proprio che dipenda da te...» disse, concedendosi un sorriso.

Gli occhi di Fumiko si illuminarono.

Kazu era in piedi davanti alla cassa. «Caffè con supplemento notturno, fanno quattrocentoventi yen, prego», disse a voce bassa.

Fumiko annuì convinta e si diresse alla cassa, camminando quasi sulle nuvole. Pagato il conto, guardò Kazu negli occhi.

«Grazie», disse chinando il capo.

Poi si guardò attorno una volta ancora, tornò a chinare il capo, al locale più che a qualcuno di preciso, e uscì senza pensarci.

Din-don

Kazu mise i soldi nel registratore di cassa con la sua solita espressione impassibile, come se non fosse successo nulla di speciale. La donna in abito bianco accennò un sorriso chiudendo con calma il suo libro, un romanzo intitolato *Gli innamorati*.

2.

Il caffè non ha l'aria condizionata. Ha aperto nel 1874, più di centoquarant'anni fa, e a quei tempi si usavano ancora le lampade a olio. Nel corso del tempo ha subìto piccoli lavoretti di ristrutturazione, ma l'interno non è cambiato granché rispetto all'originale. Al momento dell'inaugurazione, l'arredamento doveva essere considerato molto all'avanguardia. La data comunemente accettata per la nascita della caffetteria moderna in Giappone si aggira intorno al 1888, ossia quattordici anni dopo.

Il caffè era arrivato in Giappone nel periodo Edo, verso la fine del XVII secolo. All'inizio non soddisfaceva le papille gustative giapponesi, e di sicuro non veniva considerato una bevanda gradevole, ma del resto non c'era da stupirsi visto che sapeva di acqua nera e amara.

Appena introdotta l'elettricità, avevano sostituito le lampade a olio con la luce elettrica, ma installare un condizionatore avrebbe fatto a pezzi il fascino del locale. Perciò il caffè ancora oggi non ha l'aria condizionata.

Il problema è che ogni anno torna l'estate. Quando la temperatura di mezzogiorno sale oltre i trenta gradi, ti aspetteresti un caldo soffocante al chiuso, anche se al seminterrato. Il caffè è dotato di una grossa pala da soffitto, che essendo elettrica dev'essere stata aggiunta in un secondo tempo. Ma una pala da soffitto come questa non genera molto fresco e serve solo a far circolare l'aria.

La temperatura più calda mai registrata in Giappone è stata quarantun gradi a Ekawasaki, nella prefettura di Kōchi. È difficile immaginare l'utilità di una pala da soffitto con un'afa del genere. Invece questo caffè è sempre fresco, anche in piena estate. Chi lo mantiene così fresco? A parte lo staff, non lo sa nessuno... e nessuno lo saprà mai.

*

Era un caldo pomeriggio estivo. Era ancora l'inizio della stagione, ma sembrava già piena estate. All'interno del locale, una giovane donna seduta al bancone era intenta a scrivere. Accanto a lei c'era un caffè freddo diluito dal ghiaccio che si scioglieva. La donna indossava abiti leggeri, una maglietta con dei volant, una minigonna grigia aderente e sandali alla greca. Sedeva con la schiena dritta, mentre la sua penna correva veloce sulla carta da lettere rosa ciliegio.

In piedi dietro il bancone, una donna snella dalla carnagione chiarissima si guardava attorno con una scintilla di giovinezza negli occhi. Era Kei Tokita, e si vedeva che il contenuto della lettera aveva stuzzicato il suo interesse. Ogni tanto la sbirciava di nascosto con una curiosità quasi infantile stampata in faccia.

Oltre alla donna al bancone che scriveva la sua lettera, gli altri clienti del caffè erano la donna in abito bianco seduta su *quella* sedia e l'uomo di nome Fusagi, accomodato al tavolo più vicino all'ingresso. Tanto per cambiare, Fusagi teneva una rivista aperta davanti.

La donna della lettera trasse un respiro profondo e Kei fece altrettanto.

«Scusa se sono rimasta così a lungo», disse la donna, infilando il foglio in una busta.

«Figurati», ribatté Kei, guardandosi distrattamente i piedi.

«Ehm... Ti spiacerebbe darla a mia sorella?»

La donna stringeva la busta con tutt'e due le mani e la porgeva con fare gentile a Kei. Si chiamava Kumi ed era la sorella minore di Hirai, ospite fissa del caffè.

«Come vuoi, ma se conosco tua sorella...» Kei si morse il labbro e preferì non continuare.

Kumi inclinò la testa e le rivolse uno sguardo incerto.

Kei però si limitò a fare un sorriso come se stesse scherzando. «Okay... gliela do appena la vedo», disse, guardando fisso la lettera che teneva in mano Kumi.

«So che magari non la vorrà neanche leggere», disse Kumi in tono esitante, «ma davvero, se tu potessi...» aggiunse, chinando la testa per ringraziarla.

«Ma certo, non ti preoccupare», rispose Kei, con l'aria di chi si assume un compito estremamente importante. Prese la lettera con entrambe le mani e fece un inchino di cortesia mentre Kumi si dirigeva al registratore di cassa.

«Quant'è?» chiese Kumi.

Kei depositò con cura la lettera sul bancone e prese a pigiare sui grossi tasti della cassa.

Quel registratore di cassa era forse uno dei più antichi ancora in uso, per quanto non fosse appartenuto al caffè sin dall'inizio. I suoi tasti somigliavano a quelli di una macchina da scrivere, ed era arrivato all'inizio del periodo Shōwa, intorno al 1925. Era un registratore di cassa molto robusto, progettato per prevenire i furti. Il telaio da solo pesava intorno ai quaranta chili e i tasti facevano un rumoroso *clank* ogni volta che venivano pigiati.

«Caffè e... toast... riso al curry... coppa mista...»

Clank clank clank clank... clank clank. Kei pigiava ritmicamente il prezzo di ogni ordinazione. «Ice Cream Soda... pizza toast...»

Kumi non era certo rimasta a digiuno, tanto che non bastava un solo foglietto per le ordinazioni. Kei attaccò il secondo: «Pilaf al curry... torta di banana... scaloppine al curry...». Di solito non sarebbe necessario leggere ad alta voce ogni piatto, ma Kei si divertiva a farlo. Pigiava sui tasti come una bambina che gioca felice.

«Poi hai preso gli gnocchi al gorgonzola e la pasta in salsa perilla...»

«Mi sa che mi sono un po' abbuffata, eh?» commentò Kumi a voce troppo alta, forse imbarazzata da quell'elenco recitato a beneficio del pubblico. "Ti prego, non c'è bisogno che leggi tutto ad alta voce", avrebbe voluto dirle.

«Ah, questo è certo!»

Ovviamente non era stata Kei a dirlo, bensì Fusagi. Sentito l'intero elenco di ordinazioni, lo bisbigliò con un filo di voce senza togliere gli occhi dalla rivista.

Kei lo ignorò, ma Kumi arrossì fino alle orecchie. «Quanto ti devo?» chiese, però Kei non aveva ancora finito.

«Ah, vediamo un po'... qui c'è un panino farcito... *onigiri* grigliato... un altro riso al curry... e... ehm... il caffè freddo... In tutto fanno... diecimiladuecentotrenta yen.»

Kei sorrise, gli occhi rotondi e luccicanti pieni di gentilezza.

«Perfetto, ecco a te», disse Kumi estraendo in fretta due banconote dal portafoglio.

Kei prese le banconote e le contò. «Mi hai dato undicimila yen», disse pigiando nuovamente sui tasti del registratore di cassa. *Din din...*

Kumi rimase ad aspettare con la testa bassa.

Din din... Il cassetto del registratore si aprì con uno scossone e Kei tirò fuori il resto.

«E sono settecentosettanta yen a te.»

Sorridendo ancora con i suoi occhi rotondi e luccicanti, Kei diede il resto a Kumi.

Kumi chinò educatamente la testa. «Grazie, era tutto squisito.»

Forse era l'imbarazzo per aver mangiato troppo, ma adesso Kumi sembrava ansiosa di dileguarsi. Però, proprio quando stava per uscire, Kei la chiamò a gran voce.

«Senti... Kumi», le disse.

Kumi si fermò di botto e si girò a guardarla.

«Quanto a tua sorella...» disse Kei, scrutandosi ancora i piedi. «Per caso mi vuoi lasciare un messaggio per lei?» le chiese sollevando entrambe le mani.

«No, va bene così. Ho scritto tutto nella lettera», rispose Kumi senza esitare.

«Sì, ne sono certa», ribatté Kei con aria di disappunto.

Probabilmente colpita da quell'osservazione, Kumi ci pensò su e aggiunse con un sorriso: «Forse avrei una cosa da dirle...».

«Oh, benissimo», disse Kei, illuminandosi in volto.

«Dille che mamma e papà non sono più arrabbiati.»

«I vostri genitori non sono più arrabbiati», ripeté Kei.

«Esatto... Per favore, dille così.»

Kei annuì due volte di fila, gli occhi di nuovo rotondi e luccicanti. «Okay, non temere», disse tutta contenta.

Kumi si guardò attorno e di nuovo chinò educatamente il capo prima di uscire.

Din-don

Kei andò alla porta a controllare che Kumi fosse andata via, poi con una piroetta rapidissima si mise a parlare al bancone vuoto.

«Ma hai litigato con i tuoi?»

Da dietro il bancone apparentemente vuoto rispose una voce roca. «Mi hanno ripudiato», spiegò Hirai, risalendo in superficie.

«Però hai sentito cos'ha detto, vero?»

«Sentito cosa?»

«Che tuo padre e tua madre non sono più arrabbiati.»

«Non ci credo finché non lo vedo con i miei occhi...»

Dopo tutto quel tempo passato accovacciata dietro il bancone, Hirai camminava zoppicando, la schiena curva come una vecchia signora. A parte i bigodini in testa, indossava una canottierina leopardata, una gonna rosa aderente e sandali da spiaggia.

Hirai fece una smorfia.

«Tua sorella sembra molto gentile.»

«Quando non sei nella mia posizione, immagino di sì... certo.»

Hirai prese il posto di Kumi al bancone, tirò fuori una sigaretta dal beauty leopardato e l'accese. Uno sbuffo di fumo si levò in aria. Seguendolo con lo sguardo, Hirai per una volta si lasciò sfuggire un'espressione vulnerabile. Era come se i suoi pensieri fossero volati lontano.

Kei le passò accanto e prese posto dietro il bancone. «Ti va di parlarne?» le chiese.

Hirai soffiò un altro sbuffo di fumo. «Ce l'ha con me.»

«In che senso ce l'ha con te?» chiese ancora Kei.

«Non voleva che la lasciassero a lei.»

«Eh?» Kei piegò la testa, senza capire di cosa parlasse.

«La locanda...»

La famiglia di Hirai gestiva una nota locanda di lusso a Sendai, nella prefettura di Miyagi. I suoi genitori volevano lasciarla a lei, ma tredici anni prima Hirai aveva avuto un brutto litigio in famiglia e l'eredità era finita interamente a Kumi. I suoi godevano di buona salute, ma ormai erano avanti con gli anni e in quanto futuro direttore Kumi si era già assunta un gran numero di responsabilità. Da quando aveva accettato l'incarico, Kumi andava e veniva da Tokyo per cercare di convincere la sorella a tornare a casa.

«Io continuo a dirglielo che non voglio tornare, ma lei continua a chiedermelo ancora e ancora e ancora...» Hirai tirò su le dita delle mani quasi a contare il numero di volte. «Dire che sia stata insistente è poco.»

«Ma non ti devi nascondere da lei.»

«Non ho voglia di vederlo.»

«Vedere cosa?»

«Il suo sguardo.»

Kei piegò di nuovo la testa con aria interrogativa.

«Glielo leggo in faccia. Per colpa mia, si trova a dover dirigere una locanda che non le interessa. Vuole che io torni a casa, così lei potrà essere libera», spiegò Hirai.

«Non riesco proprio a capire come faccia ad avere tutto questo scritto in faccia», obiettò dubbiosa Kei.

Hirai conosceva Kei abbastanza da sapere che di sicuro stava cercando di immaginarsi la scena. La sua mente troppo letterale ogni tanto non coglieva il punto.

«Quello che intendo», precisò Hirai, «è che mi sta mettendo troppa pressione.»

Poi aggrottò la fronte, soffiando un altro sbuffo di fumo.

Kei rimase in piedi a riflettere, con la testa piegata da un lato.

«Oddio, è già così tardi? Accidenti!» esclamò Hirai in tono teatrale, spegnendo la sigaretta nel portacenere. «Ho un bar da aprire!» Saltò giù dallo sgabello e si stiracchiò con cautela. «Tre ore accovacciata lì sotto non fanno certo bene alla schiena!»

Hirai si diede una pacca sui reni e corse verso la porta, ciabattando rumorosamente.

«Ehi, aspetta! La lettera!» le urlò Kei.

«Buttala via!» le gridò Hirai agitando una mano, senza neanche girarsi.

«Ma non vuoi leggerla?»

«So già cosa dice: "Da sola non ce la faccio. Ti prego, torna a casa. Il mestiere lo impari subito, vedrai". Qualcosa del genere.»

Nel frattempo, Hirai aveva preso il portafoglio formato dizionario dal suo beauty leopardato e lasciato i soldi del caffè sul bancone.

«Ci vediamo», disse un attimo dopo, chiaramente ansiosa di uscire.

Din-don

«Ma non posso buttarla via così», protestò Kei guardando la lettera di Kumi con aria perplessa.

Din-don

Mentre Kei rifletteva sul da farsi, la porta del locale suonò ancora ed entrò Kazu Tokita, che andò a sedersi al posto di Hirai.

Kazu era andata a comprare provviste con suo cugino Nagare, il proprietario del caffè, ed era tornata con le mani piene di sacchetti della spesa, le chiavi della macchina che tintinnavano nel mazzo appeso all'anulare. Adesso era vestita casual, jeans e maglietta, mentre sul lavoro indossava sempre papillon e grembiule.

«Bentornata», le sorrise Kei, ancora con la lettera in mano.

«Scusa se ci abbiamo messo tanto.»

«Figurati, non si è vista molta gente.»

«Mi cambio subito.» Il viso di Kazu era molto più espressivo prima di indossare il suo papillon. Tirò fuori la lingua con aria furbetta e sparì nella stanza sul retro.

Kei rimase con la lettera in mano. «Si può sapere dov'è finito mio marito?» urlò a Kazu, guardando la porta d'ingresso.

Kazu e Nagare facevano la spesa sempre insieme, e non perché ci fosse troppo da comprare, ma perché Nagare da solo non era in grado. Ci teneva così tanto ad acquistare sempre il meglio che spesso sforava il budget. Il compito di Kazu era stargli addosso e impedirgli di esagerare. Mentre loro due erano fuori, Kei gestiva il locale da sola. Certe volte, quando Nagare non poteva permettersi gli ingredienti che voleva, si infuriava e usciva a bere.

«Ha detto che farà tardi», rispose Kazu.

«Ecco, scommetto che è andato di nuovo a bere.»

Kazu si affacciò alla porta. «Qui ci penso io, dai», le disse, quasi a scusarsi.

«Uff... che tipo, non ci posso credere!» esclamò Kei, sbuffando sonoramente mentre raggiungeva Kazu sul retro, ancora con la lettera in mano.

Gli unici clienti rimasti erano la donna in abito bianco che leggeva tranquilla il suo libro e Fusagi. Anche se era estate, bevevano entrambi caffè caldo. Le ragioni erano due: innanzitutto si poteva bere caffè a volontà e poi nel locale faceva sempre fresco, perciò la temperatura della bevanda non era un problema visto che si trattenevano entrambi a lungo. Kazu riapparve nel giro di poco con la sua solita divisa da cameriera.

L'estate era appena iniziata, ma quel giorno fuori c'erano più di trenta gradi. Kazu aveva percorso meno di cento metri dal parcheggio, ma il sudore le imperlava ancora il viso. Sospirò e si asciugò la fronte con un fazzoletto.

«Ehm, mi scusi...» azzardò Fusagi, sollevando la testa dalla sua rivista.

«Sì?» chiese Kazu, con aria quasi sorpresa.

«Potrei averne dell'altro?»

«Oh, ma certo», rispose mettendo da parte la sua solita freddezza lavorativa e parlando nel tono disinvolto di poco prima, quando ancora indossava la maglietta.

Fusagi seguì con lo sguardo Kazu mentre si dirigeva in cucina. Quando andava in quel caffè, Fusagi si sedeva sempre nello stesso posto. Se per caso era occupato da un altro cliente, preferiva andarsene piuttosto che accomodarsi altrove. Di solito si faceva vedere due o tre volte alla settimana, spesso dopo pranzo. Apriva la sua rivista di viaggi e la leggeva dalla prima all'ultima pagina, prendendo appunti di tanto in tanto. Di solito restava seduto al suo posto finché non l'aveva letta da cima a fondo e ordinava solo caffè caldo.

Il caffè servito nel locale era preparato con chicchi provenienti dall'Etiopia, che hanno un gusto particolare. Ma non piaceva a tutti e, per quanto fosse deliziosamente aromatico, c'era chi trovava il suo gusto amaro e fruttato un po' troppo forte. Nagare pretendeva che non si servisse altro caffè. Fusagi adorava quel locale e lo trovava il posto ideale per sfogliare a proprio agio la sua rivista. Kazu fece ritorno con la caraffa di caffè.

Ferma davanti al suo tavolino, Kazu prese la tazza per riempirla. Normalmente, Fusagi avrebbe continuato a leggere mentre aspettava, ma questa volta era diverso: la guardò negli occhi con un'espressione strana.

Accorgendosi del cambiamento, Kazu pensò che volesse aggiungere qualcosa all'ordinazione. «Desidera altro?» gli chiese con un sorriso.

Lui ricambiò educatamente il sorriso. «Mi scusi, ma è nuova?» le chiese con aria imbarazzata.

La sua espressione rimase impassibile mentre rimetteva la tazza sul piattino di fronte a Fusagi. «Ehm... ecco», si limitò a rispondere.

«Oh, davvero?» ribatté lui timidamente. Sembrava soddisfatto di aver fatto capire alla cameriera che era un cliente regolare, e un attimo dopo abbassò di nuovo la testa e tornò a sprofondare nella sua rivista.

Kazu riprese a lavorare come se non fosse successo niente di strano. Ma, in mancanza di clienti, c'era ben poco da fare. In quel momento le restavano solo i piatti e i bicchieri da asciugare, e così si mise a chiacchierare con Fusagi. In quel locale tanto piccolo e intimo, era facile intrattenere una conversazione anche da lontano senza bisogno di alzare la voce.

«Quindi lei viene qui spesso, eh?»

«Sì», rispose lui, sollevando la testa.

«Lo sa cosa si dice di questo posto?» proseguì lei. «La conosce la leggenda metropolitana?»

«Sì, so tutto in proposito.»

«Anche di *quella* sedia?»

«Ma certo.»

«Perciò lei è uno di quei clienti che vorrebbero tornare nel passato?»

«Sì, esatto», rispose senza esitare.

Kazu si fermò un istante. «E se dovesse tornare nel passato, cosa vorrebbe fare?» Ma se ne pentì subito, stupendosi della propria invadenza. «Mi scusi, non è una cosa da chiedere...» disse chinando la testa e tornando ad asciugare le stoviglie.

Lui la guardò e, senza aprire bocca, prese dal suo portadocumenti con la zip una busta marrone con gli angoli sgualciti come se fosse chiusa lì dentro da chissà quanto. Non c'era indirizzo, ma aveva tutta l'aria di essere una lettera.

Fusagi la tenne timidamente in mano davanti al petto, per mostrargliela.

«Cos'è?» chiese lei, mettendo di nuovo da parte il lavoro.

«Per mia moglie», borbottò con un filo di voce, «è per mia moglie.»

«È una lettera?»

«Sì.»

«Per sua moglie?»

«Esatto, non sono mai riuscito a dargliela.»

«Quindi vuole tornare al giorno in cui intendeva dargliela?»

«Proprio così», ammise lui, di nuovo senza esitazione.

«E sua moglie dov'è adesso?» chiese lei.

Anziché risponderle direttamente, lui balbettò a disagio. «Ehm...»

Lei rimase a fissarlo, aspettando una risposta.

«Non ne ho idea», rispose in tono quasi impercettibile, grattandosi la testa.

Dopodiché, la sua espressione si indurì.

Lei non rispose nulla.

Poi, quasi a scusarsi, Fusagi aggiunse: «Ehm, ma una moglie ce l'avevo sul serio», e subito dopo: «Si chiamava...». Prese a picchiettarsi la tempia con un dito. «Be'? Questa è bella», commentò inclinando la testa. «Come si chiamava?» ripeté, ammutolendo.

Nel frattempo, Kei era tornata dal retro e sembrava terribilmente pallida, forse perché aveva origliato la conversazione tra Kazu e Fusagi.

«Questa sì che è bella! Mi spiace ma...» disse Fusagi, forzando un sorriso imbarazzato.

Sul viso di Kazu si dipinse un misto di emozioni: non la sua solita espressione gelida ma neppure troppa empatia.

«Non si preoccupi...» disse.

Din-don

Kazu guardò in silenzio verso l'entrata.

«Ah», sobbalzò vedendo Kōtake sulla soglia.

Kōtake faceva l'infermiera nell'ospedale di zona e probabilmente stava tornando a casa. Anziché indossare il suo solito camice, portava una tunica verde oliva e dei pantaloni blu a pinocchietto. Aveva uno zainetto su una spalla e si asciugava il sudore dalla fronte con un fazzoletto lilla. Kōtake salutò con un cenno Kei e Kazu dietro il bancone e si diresse al tavolo di Fusagi.

«Ciao, Fusagi, sei qui anche oggi», disse.

Sentendosi chiamare, l'uomo guardò un istante Kōtake con aria incuriosita, prima di distogliere gli occhi e abbassare la testa senza aprire bocca.

Kōtake si accorse che non aveva il solito umore e immaginò che non si sentisse in sesto. «Fusagi, tutto bene?» gli chiese con gentilezza.

Fusagi sollevò di nuovo la testa e la fissò negli occhi. «Mi perdoni, ci conosciamo?» chiese in tono di scusa.

Kōtake perse il sorriso. In un silenzio gelido, il fazzolettino lilla con cui si era appena asciugata il sudore le cadde di mano e finì a terra.

Fusagi soffriva di Alzheimer precoce e stava perdendo la memoria. La malattia causa una rapida degenerazione neuronale, il cervello si atrofizza provocando la perdita delle capacità intellettive e i conseguenti cambiamenti nella personalità. Uno dei sintomi più impressionanti dell'Alzheimer precoce è la sporadicità del deterioramento cerebrale: i malati dimenticano certe cose ma ne ricordano altre. Nel caso di Fusagi, i suoi ricordi stavano gradualmente scomparendo, a cominciare dai più recenti. Nel frattempo, il suo carattere piuttosto irascibile si stava addolcendo di giorno in giorno.

In quel momento, Fusagi ricordava di avere una moglie, ma non ricordava che Kōtake, lì in piedi di fronte a lui, *era* sua moglie.

«Mi sa di no», disse a bassa voce Kōtake facendo prima uno, poi due passi indietro.

Kazu osservava Kōtake, mentre Kei fissava il pavimento, sempre più pallida. Kōtake si guardò attorno e andò a sedersi al bancone, il più lontano possibile da Fusagi.

In quel momento si accorse di aver perso il fazzoletto, ma fece finta che non fosse suo. Invece Fusagi notò il fazzoletto caduto a terra, vicino ai suoi piedi, e lo raccolse. Rimase a fissarlo per un po', poi si alzò e andò al bancone, dov'era seduta Kōtake.

«Mi deve scusare, ma negli ultimi tempi dimentico un mucchio di cose», disse chinando la testa.

Kōtake non lo guardò neppure. «Va bene», disse prendendo il fazzoletto con mano tremante.

Fusagi chinò di nuovo la testa e tornò impacciato al suo posto. Si sedette ma non trovava pace. Sfogliate parecchie pagine della rivista, si fermò per grattarsi la testa. Poi prese la tazza e bevve un sorso di caffè. Gliel'avevano appena riempita, eppure...

«Uffa, è già freddo», biascicò.

«Ne vuole dell'altro?» chiese subito Kazu.

Ma lui si alzò in fretta. «No, adesso vado», disse di botto, chiudendo la rivista e mettendo via le sue cose.

Kōtake continuava a fissare il pavimento, le mani in grembo e il fazzoletto ben stretto.

Fusagi si avvicinò alla cassa. «Quanto le devo?»

«Trecentottanta yen», rispose Kazu sbirciando Kōtake e pigiando la cifra sui tasti del registratore di cassa.

«Trecentottanta yen.» Fusagi prese una banconota da mille yen dal suo portafoglio consumato. «Bene, ecco a lei mille yen», disse porgendole i soldi.

«Mi ha dato mille yen», disse Kazu continuando a pigiare i tasti.

Fusagi continuava a fissare Kōtake, ma senza un motivo apparente. Sembrava solo guardarsi attorno mentre attendeva il resto.

«Sono seicentoventi yen di resto.»

Fusagi allungò in fretta una mano e prese i soldi. «Grazie per il caffè», disse timidamente, e corse fuori.

Din-don

«Grazie, torni a trovarci...»

Con l'uscita di Fusagi, il caffè sprofondò in un silenzio imbarazzato. La donna in abito bianco leggeva tranquilla il suo libro, estranea come al solito al mondo che aveva attorno. Senza musica di sottofondo, gli unici suoni che si sentivano erano il ticchettio costante degli orologi e le pagine sfogliate di tanto in tanto dalla donna in abito bianco.

Dopo un bel po', Kazu fu la prima a rompere il silenzio. «Kōtake...» disse, ma non riuscì a proseguire.

«Va tutto bene, ero mentalmente preparata a questo giorno», ribatté Kōtake abbozzando un sorriso a Kei e Kazu. «Non vi preoccupate.»

Ma un attimo dopo tornò a fissare il pavimento.

Aveva già spiegato di cosa soffriva Fusagi a Kei e Kazu, e anche Nagare e Hirai lo sapevano. Si era rassegnata al fatto che un giorno avrebbe scordato completamente chi fosse. Passava la vita a prepararsi. "Se succederà", si diceva, "gli farò da infermiera. Del resto sono un'infermiera, perciò posso farlo."

L'Alzheimer precoce ha un'evoluzione diversa per ogni individuo, a seconda di un vasto spettro di fattori tra cui l'età, il sesso, la causa della malattia e le cure. Il deterioramento di Fusagi progrediva a passi molto rapidi.

Kōtake era ancora sconvolta dal fatto che si fosse dimenticato di lei e si sforzava di riordinare le cose in testa nonostante il momento di depressione. Si girò per parlare con Kei, ma era andata in cucina. Un istante dopo, riapparve con una bottiglia da due litri di sakè.

«Regalo di un cliente», spiegò Kei appoggiandola sul tavolo. «Qualcuno gradisce?» chiese sorridendo con gli occhi ancora arrossati dal pianto. Il nome sull'etichetta era *Sette Gioie*.

La proposta inaspettata di Kei aveva portato un raggio di luce nell'atmosfera cupa del bar e allentato la tensione.

Kōtake era indecisa se bere o no, ma non voleva perdersi quell'occasione. «Dai, solo un bicchierino...» disse.

Kōtake era ben felice che l'umore generale fosse cambiato. Aveva sentito dire che Kei agiva spesso d'impulso, ma non si sarebbe mai aspettata di sperimentare il suo spirito gioioso in un momento del genere.

Hirai diceva sempre che Kei aveva *il dono di saper vivere felice*, e in effetti un attimo prima sembrava depressa, e invece adesso fissava Kōtake con occhi grandi e luccicanti. Guardandola negli occhi, Kōtake provò un senso di straordinaria serenità.

«Vedo se trovo degli stuzzichini», disse Kazu, scomparendo nella cucina.

«Perché non lo riscaldiamo?»

«No, va bene così.»

«Dai, beviamolo così.»

Kei lo stappò con abilità e versò il sakè nei bicchierini che aveva appena messo in fila.

A Kōtake sfuggì una risatina quando Kei le porse il suo bicchiere. «Grazie», le disse con un accenno di sorriso.

Kazu fece ritorno con una confezione di sottaceti. «Non ho trovato altro...» disse, versando i sottaceti su un piatto con tre forchettine.

«Che delizia!» esclamò Kei. «Ma io non posso bere», aggiunse versandosi, sotto il bancone, un bicchiere di succo d'arancia appena uscito dal frigo.

Nessuna delle tre amava particolarmente il sakè, soprattutto Kei, che era astemia. Il *Sette Gioie* si chiamava così perché prometteva di far raggiungere sette tipi diversi di gioia. Era un sakè trasparente, non pigmentato, di prima qualità. Le due che lo bevvero non badarono molto alla sottile sfumatura glaciale di quel sakè sopraffino, e neppure al suo aroma fruttato, ma nel mandarlo giù avvertirono il sentimento di gioia garantito dalla sua etichetta.

Appena Kōtake inalò quell'aroma dolce, le tornò subito in mente un giorno d'estate, una quindicina d'anni addietro, la prima volta che era entrata nel caffè.

*

C'era stata un'ondata di caldo in Giappone e in tutto il paese continuavano a registrarsi temperature da record. Giorno dopo giorno, in televisione non facevano che parlare di quel tempo insolito, dando la colpa al riscaldamento globale. Fusagi si era preso un giorno libero ed erano andati a fare shopping insieme. Era una giornata davvero torrida. Stanco e accaldato, Fusagi l'aveva pregata di trovare un posticino fresco dove rifugiarsi, e si erano messi a cercare un bar. Il problema è che avevano avuto tutti la stessa idea e i locali erano perlopiù strapieni.

Poi avevano notato una piccola insegna seminascosta in una stradina. Il caffè si chiamava come il titolo di una canzone che Kōtake aveva sentito tanto tempo prima, ma che ricordava ancora bene. Il testo parlava della salita sulla cima di un vulcano. Il solo pensiero della lava incandescente in quella giornata torrida rendeva tutto più caldo e la fronte di Kōtake si andava imperlando di minuscole goccioline di sudore. Eppure, una volta aperta la pesante porta di legno, il locale li aveva accolti con la sua gradevole atmosfera rinfrescante. Persino il *din-don* della porta sembrava dare conforto. E anche se c'erano solo tre tavolini da due e tre sgabelli al bancone, l'unica cliente era una donna in abito bianco seduta nel posto più lontano dall'entrata. Avevano avuto un bel colpo di fortuna.

«Che sollievo», sospirò Fusagi accomodandosi al tavolo più vicino all'ingresso. Un attimo dopo ordinò un caffè freddo alla donna con gli occhi luccicanti che portò subito due bicchieri di acqua fresca. «Anche per me, prego», aggiunse Kōtake, sedendosi di fronte a lui. Forse a Fusagi non piaceva la disposizione dei posti, perché poco dopo si spostò e andò a sedersi al bancone. Kōtake non se la prese, perché era abituata a quel genere di comportamento. Pensava solo che era fantastico aver trovato un caffè così confortevole a un passo dall'ospedale in cui lavorava.

Le travi massicce che percorrevano il soffitto erano di un marrone scuro lucido, come i gusci delle castagne, e al muro erano appesi tre grandi orologi. Kōtake non se ne intendeva di antiquariato, ma avrebbe giurato che venivano da un periodo precedente. Le pareti erano di intonaco beige, con una meravigliosa patina di macchie scure collezionate nel tempo. Fuori era giorno, ma in quel caffè senza finestre mancava il senso del tempo. La luce soffusa dava al locale una sfumatura color seppia, creando una confortante atmosfera *rétro*.

Il caffè era incredibilmente fresco, eppure non c'era traccia di aria condizionata. Un ventilatore a pale di legno ruotava lentamente sul soffitto, tutto qui. Incuriosita dal fenomeno, Kōtake chiese spiegazioni a Nagare e a Kei, ma nessuno dei due fornì una risposta soddisfacente. Si limitarono entrambi a dire: «Qui è sempre così».

Kōtake si innamorò di quell'atmosfera, e delle personalità di Kei e degli altri. E così cominciò ad andarci spesso nelle pause lavorative.

«Salu...» Kazu stava per dire "Salute", ma ammutolì di botto, corrucciandosi come se avesse appena commesso una gaffe. «Mi sa che non c'è niente da festeggiare, vero?»

«Su, andiamo... cerchiamo di tirarci su!» esclamò senza troppa allegria Kei, girandosi verso Kōtake con un sorriso partecipe.

Kōtake sollevò il bicchiere di fronte a Kazu. «Mi dispiace.»

«Tranquilla, è tutto a posto», la rassicurò Kōtake con un sorriso, facendo tintinnare i loro bicchieri. Il suono armonioso, così allegro, rimbombò nel locale. Kōtake bevve un sorso di *Sette Gioie* e il suo sapore dolce le invase la bocca. «Sono sei mesi che mi chiama con il mio cognome da nubile...» attaccò, parlando con un filo di voce. «Sta progredendo in silenzio. Sbiadisce, lento ma inesorabile... sbiadisce il suo ricordo di me, tutto qui.» Le sfuggì una risata leggera. «Mi sono preparata mentalmente a questo momento, lo sapete», aggiunse.

Mentre ascoltava, a Kei si inumidirono di nuovo gli occhi.

«Ma va tutto bene... sul serio», si affrettò a precisare Kōtake, agitando una mano. «In fondo sono un'infermiera, no? Sentite, anche se la mia identità fosse completamente cancellata dalla sua memoria, farò comunque parte della sua vita come infermiera. Io lo aiuterò sempre.»

Kōtake cercava in tutti i modi di rassicurarle, e del resto ci credeva sul serio. Voleva mostrarsi coraggiosa, e il suo coraggio era autentico. "Io posso aiutarlo perché sono un'infermiera."

Kazu giocherellava con il bicchiere, fissandolo con aria impassibile.

Gli occhi di Kei si inumidirono ancora e le sfuggì una lacrima.

Flap.

Il rumore veniva dalle spalle di Kōtake. La donna in abito bianco aveva chiuso il libro.

Kōtake si girò e la vide appoggiare il romanzo chiuso sul tavolo. Preso un fazzoletto dalla borsetta bianca, la donna si alzò e si diresse verso il bagno, camminando con passo felpato. Se non fosse stato per il rumore del libro, non si sarebbero neppure accorte della sua assenza.

Kei guardava Kōtake che la seguiva con lo sguardo, mentre Kazu si limitò a bere un altro sorso di *Sette Gioie* senza fare neppure lo sforzo di sollevare la testa. In fondo, era una scena che vedevano tutti i giorni.

«A proposito, si può sapere perché Fusagi vuole tornare nel passato?» chiese Kōtake fissando il posto lasciato vuoto dalla donna in abito bianco. Ovviamente sapeva benissimo che *quello* era il posto per viaggiare nel tempo.

Prima che l'Alzheimer prendesse il sopravvento, Fusagi non era tipo da credere a certe leggende. Quando Kōtake aveva riportato senza troppa convinzione la voce secondo cui in quel locale si poteva tornare nel passato, lui ci aveva riso su. No, lui non credeva nei fantasmi e nel paranormale.

Ma dopo che aveva cominciato a perdere la memoria, il Fusagi un tempo scettico aveva iniziato a frequentare quel caffè aspettando che la donna in abito bianco lasciasse libera la sedia. Quando Kōtake venne a saperlo, fece fatica a crederci. Ma la trasformazione della personalità è uno dei primi sintomi dell'Alzheimer, e con la progressione della malattia Fusagi era diventato piuttosto distratto. Alla luce di un simile quadro clinico, Kōtake aveva deciso che questo cambiamento non era particolarmente strano.

Ma perché voleva tornare nel passato?

La domanda di Kōtake era serissima. Gliel'aveva chiesto un milione di volte, ma la risposta era stata sempre la stessa: «È un segreto».

«Pare che ti voglia dare una lettera», disse Kazu, quasi leggendole nel pensiero.

«A me?»

«Eh, già.»

«Una lettera?»

«Fusagi ha detto che non è mai riuscito a dartela.»

Kōtake rimase senza parole, poi si limitò a rispondere: «Capisco...».

Di fronte alla reazione inaspettatamente fredda di

Kōtake alla notizia, Kazu fece un'aria perplessa. Era stato maleducato da parte sua?

Ma l'atteggiamento di Kōtake non c'entrava niente con Kazu. La vera ragione era che la faccenda della lettera non aveva molto senso. Dopotutto Fusagi non aveva mai avuto la passione di scrivere, e neanche di leggere.

*

Fusagi era nato povero in una cittadina abbandonata. I suoi commerciavano in alghe e tutti quanti in famiglia cercavano di rendersi utili. A furia di rendersi utile, Fusagi aveva imparato a scrivere al massimo l'*hiragana* e un centinaio o poco più di caratteri *kanji*. Suppergiù quello che i bambini imparano nei primi anni di elementari.

Kōtake e Fusagi si erano conosciuti grazie a un amico comune, quando lei aveva ventun anni e lui ventisei. Non essendo ancora stati inventati i telefoni cellulari, gli unici mezzi per comunicare erano il telefono fisso o le lettere. Fusagi voleva diventare designer di giardini e viveva di volta in volta nella città in cui gli capitava di avere un ingaggio. Dal canto suo, Kōtake si era iscritta alla facoltà di scienze infermieristiche, riducendo così ulteriormente le loro occasioni d'incontro. Però comunicavano sempre per posta.

Kōtake nelle sue lettere scriveva di tutto, ma soprattutto di sé, ovviamente. Scriveva cosa capitava in università, quali libri leggeva, come vedeva il suo futuro. Scriveva degli eventi in generale, dal più banale alla notizia del giorno, spiegando nel dettaglio i suoi sentimenti e le sue reazioni. Certe volte le lettere erano lunghe anche dieci pagine.

Invece le risposte di Fusagi erano sempre brevissime, magari anche una sola riga. *Grazie per la tua interessantissima lettera*, oppure: *Capisco cosa intendi*. Sulle prime, Kōtake aveva pensato che fosse troppo impegnato sul lavoro e che non avesse tempo per rispondere, ma lettera dopo lettera non c'era mai stata volta in cui Fusagi si fosse dilungato un po' di più. Alla fine Kōtake ne aveva dedotto che lui non era interessato a lei, e gli aveva scritto che in tal caso non doveva neppure prendersi il disturbo di risponderle, perché non gli avrebbe scritto più.

Di solito Fusagi rispondeva nel giro di una settimana, ma non quella volta. Dopo un mese ancora niente. Fu un bello shock per Kōtake. Di sicuro le risposte di Fusagi erano brevi, ma non suonavano mai negative, come se fossero state e-storte con la forza. Anzi, sembravano sempre franche e genuine, perciò Kōtake non voleva rassegnarsi. Due mesi e mezzo dopo il suo ultimatum, Kōtake stava ancora aspettando.

E poi un giorno, dopo quei lunghissimi due mesi e mezzo, arrivò finalmente una lettera di Fusagi. Diceva semplicemente: *Sposiamoci.*

Quell'unica parola riuscì a commuoverla come mai le era successo in vita sua. Ma non era facile rispondere a tono a una lettera del genere. E così, alla fine, visto che Fusagi le aveva aperto il proprio cuore in quel modo, lei gli rispose: *Va bene.*

Solo tempo dopo scoprì che lui non sapeva quasi né leggere né scrivere, e allora gli chiese come avesse fatto a decifrare tutte quelle lettere così lunghe. A suo dire, si era limitato a far gironzolare gli occhi tra le righe, per poi rispondere con la vaga impressione che ne aveva ricevuto. Ma nell'ultima lettera era stato sopraffatto dalla sensazione di essersi perso qualcosa d'importante. L'aveva letta parola per parola, chiedendo spiegazioni alla gente di ogni significato, ed era quello il motivo per cui aveva impiegato tanto tempo a rispondere.

*

Kōtake sembrava ancora molto perplessa.

«Era una busta marrone, più o meno di queste dimensioni», disse Kazu disegnando con le dita nell'aria.

«Una busta marrone?»

Una busta marrone da lettera sembrava una scelta ragionevole da parte di Fusagi, eppure Kōtake non riusciva ancora a raccapezzarsi.

«Magari una lettera d'amore?» azzardò Kei, gli occhi ingenui e luccicanti.

Kōtake fece un sorrisetto ironico. «No, figurarsi», sospirò, scacciando l'idea con la mano.

«Ma se fosse davvero una lettera d'amore, tu cosa faresti?» le chiese Kazu con un sorriso imbarazzato.

Di solito non si intrometteva mai nella vita privata della gente, ma forse adesso cercava semplicemente di allontanare l'umore nero che aveva imperversato fino ad allora.

Ansiosa anche lei di cambiare argomento, Kōtake accettò di buon grado la teoria della lettera d'amore proposta da chi ignorava quanto poco Fusagi sapesse leggere e scrivere. «Be', immagino che vorrei leggerla», rispose con un sorrisetto.

Non era certo una bugia. Se le avesse scritto una lettera d'amore, di sicuro avrebbe voluto leggerla.

«Perché non tornare indietro e vedere?» propose Kei.

«Cosa?» Kōtake guardò Kei senza capire.

Kazu reagì alla folle idea di Kei sbattendo il bicchiere sul bancone. «*Sis*, ma sei seria?» esclamò, avvicinandosi al naso di Kei.

«Kōtake dovrebbe leggerla», ripeté convinta Kei.

«Kei, tesoro, aspetta un attimo», obiettò Kōtake, cercando di farla ragionare, ma ormai era troppo tardi.

Kei respirava affannosamente e non era interessata ai tentativi di Kōtake di calmarla. «Se Fusagi ti ha scritto una lettera d'amore, tu devi riceverla!»

Kei era convinta che fosse una lettera d'amore, e non c'era modo di farle cambiare idea. Kōtake la conosceva abbastanza per saperlo.

Kazu non sembrava troppo contenta di come si mettevano le cose, ma si limitò a sorridere con un sospiro.

Kōtake tornò a guardare la sedia lasciata libera dalla donna in abito bianco. Aveva sentito parlare di quella leggenda dei viaggi nel tempo e conosceva anche tutte le infinite regole frustranti, ma mai – neanche una volta – aveva preso in considerazione l'ipotesi di viaggiare nel tempo. Non sapeva neanche se la leggenda fosse vera, figurarsi. Ma se per caso fosse stata vera, adesso era molto interessata a provarci. Voleva sapere con tutto il cuore cosa c'era scritto in quella lettera. Se Kazu aveva ragione, tornando al giorno in cui Fusagi aveva deciso di dargliela poteva ancora sperare di riuscire a leggerla.

Ma a questo punto fu assalita da un dubbio. Sapendo che Fusagi voleva tornare nel passato per darle una lettera, era giusto da parte sua tornare nel passato per riceverla? Era molto indecisa, in fondo non le sembrava giusto ottenere la lettera in quel modo. Prese un respiro profondo e studiò la situazione con calma.

Ricordava la regola per cui tornare indietro nel tempo non avrebbe cambiato il presente, non importa quanto ci si provasse. Perciò, anche se fosse tornata nel passato e avesse letto quella lettera, non sarebbe cambiato niente comunque.

«No, non cambierà», rispose secca Kazu, quando Kōtake glielo richiese per conferma.

Kōtake provò un'emozione forte al pensiero che anche se fosse tornata nel passato e l'avesse presa, nel presente Fusagi avrebbe comunque voluto tornare indietro per darle quella lettera.

Si scolò d'un sorso il *Sette Gioie*, proprio quello che le serviva per decidersi. Appoggiò il bicchierino sul bancone ed espirò. «Certo, certo», sussurrò. «Se è davvero una lettera d'amore scritta per me, che problema c'è se la leggo?»

Il semplice fatto di chiamarla *lettera d'amore* fugava tutto il suo senso di colpa.

Kei annuì con entusiasmo e si scolò anche lei il succo d'arancia come a esprimerle la sua solidarietà, le narici frementi per l'eccitazione.

Kazu non le imitò, lasciò il bicchiere sul bancone e scomparve in cucina.

Kōtake rimase in piedi davanti alla sedia che doveva riportarla nel passato. Sentendosi pompare il sangue nelle vene, si strinse tra la sedia e il tavolo e prese posto. Le sedie del caffè avevano tutte un'aria antica, eleganti e con le gambe curve. La seduta e lo schienale erano foderati in tessuto verde-muschio, e d'un tratto Kōtake li guardò con occhi diversi. Notò che tutte le sedie erano in eccellenti condizioni, neanche fossero nuove di zecca. Ma non si trattava solo delle sedie: l'intero caffè era immacolato. Se aveva aperto all'inizio del periodo Meiji, doveva essere in funzione da più di cent'anni. Eppure non c'era neanche un granello di polvere.

Sospirò ammirata. Sapeva che per dare al caffè quell'aspetto, qualcuno doveva passare ogni giorno un mucchio di tempo a lustrarlo. Quando si girò vide Kazu, che le si era avvicinata senza farsi sentire. C'era qualcosa di strano nel suo aspetto: teneva in mano un vassoio d'argento con una tazza bianca e una piccola caffettiera d'argento, anziché la solita caraffa di vetro con cui serviva il caffè ai clienti.

Kōtake ebbe un sussulto nel vederla così. La sua aria da ragazza era svanita, e aveva assunto un'espressione elegante ma allo stesso tempo ostile.

«Le regole le conosci, giusto?» le chiese Kazu in tono distaccato.

Kōtake si affrettò a ripassarle mentalmente.

La prima era che nel passato si potevano incontrare solo le persone che erano entrate nel caffè.

"Questo non è certo un problema", si disse Kōtake. "Fusagi è stato qui un milione di volte."

La seconda era che il presente non sarebbe cambiato, qualunque cosa avesse fatto. Kōtake aveva già deciso che neanche questa regola rappresentava un problema. Ovviamente non si applicava solo alle lettere: se ad esempio fosse stata scoperta una cura rivoluzionaria per l'Alzheimer e l'avesse portata nel passato per testarla su Fusagi, non sarebbe mai riuscita a migliorare la sua condizione.

Che regola crudele.

La terza era che per tornare nel passato bisognava sedersi in quel posto preciso. Per caso, la donna in abito bianco era andata in bagno proprio in quel momento, perciò la finestrella di opportunità sembrava programmata apposta per Kōtake. Aveva anche sentito dire – ma non sapeva se fosse vero – che se cercavi di spostare quella donna con la forza, lei ti malediceva. Coincidenza o no, Kōtake, si sentì fortunata.

Ma le regole non finivano lì.

La quarta era che quando si tornava nel passato non ci si poteva muovere dalla sedia. Non è che si fosse incollati al proprio posto, ma se ci si alzava, si veniva immediatamente catapultati di nuovo nel presente. Siccome il caffè era in un seminterrato, i cellulari non prendevano e non si poteva tornare indietro e telefonare a qualcuno. In più, non potendo lasciare la sedia, non si poteva neanche uscire. Ecco un'altra regola odiosa.

Kōtake aveva sentito dire che anni prima quel locale era diventato abbastanza famoso e attraeva folle di clienti ansiosi di tornare nel passato. "Con tutte queste regole assurde, non c'è da stupirsi se la gente ha smesso di venire", pensò.

*

Kōtake si accorse all'improvviso che Kazu attendeva in silenzio una sua risposta. «Devo bere il caffè prima che si raffreddi, giusto?»

«Sì.»

«C'è nient'altro?»

In realtà, c'era un'altra cosa che voleva sapere: come faceva a essere sicura di tornare al giorno e all'ora giusti?

«Devi visualizzare un'immagine precisa del giorno in cui vuoi tornare», aggiunse in quel momento Kazu, quasi leggendole nel pensiero.

La semplice richiesta di visualizzare un'immagine era piuttosto vaga. «Un'immagine?» chiese Kōtake.

«Un giorno in cui Fusagi non si era ancora dimenticato di te. Un giorno in cui stava pensando di darti quella lettera... e un giorno in cui era venuto al caffè con la lettera.»

"Un giorno in cui si ricordava ancora di me." Difficile a dirsi, ma le tornò in mente un giorno dell'estate di tre anni prima. A quei tempi Fusagi non aveva ancora manifestato i primi sintomi.

76

"Un giorno in cui voleva darmi la lettera." Questa era dura. Se non l'aveva mai ricevuta, come faceva a saperlo? Di sicuro non doveva tornare a un giorno in cui non l'aveva ancora scritta, perciò decise di visualizzare l'immagine di Fusagi che le scriveva.

"Per ultimo, un giorno in cui era venuto al caffè con la lettera." Questa era importante. Anche se fosse riuscita a tornare nel passato e l'avesse incontrato, se poi lui non aveva la lettera con sé sarebbe stato tutto inutile. Per fortuna sapeva che Fusagi metteva tutte le cose importanti nel suo portadocumenti nero con la zip che poi si portava sempre dietro. Se era davvero una lettera d'amore, non l'avrebbe mai lasciata in giro per casa. No, di sicuro l'avrebbe chiusa nel suo portadocumenti in modo che lei non la trovasse per caso.

Non sapeva quando voleva dargliela, ma un modo si doveva trovare, perciò visualizzò l'immagine di Fusagi che entrava nel caffè con il suo portadocumenti in mano.

«Sei pronta?» chiese Kazu con calma.

«Solo un attimo.» Fece un respiro profondo e visualizzò le immagini una volta ancora. «Un giorno in cui non si è ancora scordato... la lettera... un giorno in cui è venuto...» elencò a bassa voce.

"Okay, adesso basta perdere tempo."

«Sono pronta», disse, guardando Kazu negli occhi.

Kazu annuì, appoggiò la tazza vuota davanti a Kōtake e prese la caffettiera d'argento con la mano destra. Le sue mosse da ballerina erano efficienti e piene di grazia.

«L'importante...» si interruppe Kazu guardando Kōtake con gli occhi bassi, «è bere il caffè prima che si raffreddi...»

Le parole riecheggiarono tra le pareti e Kōtake sentì l'atmosfera farsi più tesa.

Un filo di caffè nero uscì dal beccuccio della caffettiera d'argento.

A differenza del gorgoglio emesso dal caffè che usciva dalla bocca ampia della caraffa, stavolta la tazza bianca si riempì senza rumore e con una lentezza estenuante.

Era la prima volta che Kōtake vedeva una caffettiera simile. Era un po' più piccola di quelle che aveva notato negli altri caffè. Solida, eppure elegante e raffinata. "Di sicuro anche il suo caffè sarà speciale", si disse.

Mentre questi pensieri le passavano per la testa, un filo di vapore salì dalla tazza e ogni cosa attorno a lei prese a incresparsi e a tremare. Il suo intero campo visivo le parve d'un tratto irreale. Ripensò al bicchierino di *Sette Gioie* che si era appena scolata. Ne subiva forse gli effetti?

No, questa era tutta un'altra cosa, decisamente più preoccupante. Anche il suo corpo aveva cominciato a incresparsi e a tremare. Era diventata il vapore che saliva dalla tazza. Era come se ogni cosa attorno si stesse sciogliendo.

Kōtake chiuse gli occhi, non per la paura ma per cercare di concentrarsi. Se davvero stava viaggiando nel tempo, voleva prepararsi mentalmente.

*

La primissima volta che Kōtake aveva notato un cambiamento in Fusagi, era stato per via di una cosa che lui aveva detto. Il giorno che aveva ammesso a voce alta cosa gli era capitato, Kōtake stava preparando la cena mentre aspettava il suo ritorno dal lavoro.

Un designer di giardini non deve solo potare rami e rastrellare foglie, ma ha il compito di considerare l'equilibrio tra la casa e il giardino. Il giardino non può essere troppo colorato, ma neppure troppo monotono. «La parola d'ordine è equilibrio», diceva sempre Fusagi. La sua giornata lavorativa cominciava molto presto e finiva al tramonto. A meno che non ci fosse qualche ragione particolare, Fusagi di solito tornava subito a casa, perciò quando Kōtake non aveva il turno di notte lo aspettava per cenare con lui.

Ma quella volta si era fatto tardi e Fusagi non si vedeva ancora. Non era un comportamento normale. Kōtake aveva ipotizzato che fosse uscito a bere con i colleghi.

Quando finalmente era tornato a casa, era due ore più tardi del solito. Normalmente, quando arrivava suonava il campanello tre volte, invece quella sera non suonò affatto.

Kōtake sentì girare la maniglia e una voce da fuori: «Sono io!». Kōtake si precipitò alla porta e aprì in preda al panico. Era convinta che si fosse fatto male e che non riuscisse chissà perché a suonare il campanello. Invece Fusagi sembrava normalissimo, con il suo solito grembiule da lavoro grigio con le bretelle blu. Si era tolto la sacca degli attrezzi dalla spalla e guardandola con aria imbarazzata ammise: «Mi sono perso».

Era la fine dell'estate di due anni prima.

Facendo l'infermiera, Kōtake era abituata a riconoscere i sintomi precoci di una vasta gamma di malattie. Qui non si trattava solo di distrazione, di questo era certa. Poco dopo Fusagi cominciò a dimenticare se aveva fatto un lavoro oppure no, e con il tempo la malattia era peggiorata ancora e gli capitava di svegliarsi di notte e di mettersi a urlare: «Ho dimenticato una cosa importante!». In questi casi, lei non provava a discutere, ma si limitava a calmarlo e a promettergli che al mattino avrebbero controllato insieme.

Kōtake aveva persino consultato un medico senza dirglielo. Voleva a tutti i costi cercare di rallentare il progredire della malattia, magari anche solo di poco.

Ma con il passare dei giorni, lui prese a dimenticare sempre più cose.

Gli piaceva viaggiare. Non era il viaggiò in sé che lo attirava, ma l'opportunità di visitare i giardini dei diversi posti. Kōtake cercava sempre di prendersi le ferie coincidenti alle sue per partire insieme. Lui si lamentava e diceva che erano viaggi di lavoro, ma lei non se la prendeva. Durante la vacanza aveva la fronte perennemente aggrottata, ma questo significava che stava facendo una cosa che gli piaceva, e la moglie lo sapeva benissimo.

Nonostante il progredire della malattia, non smise di viaggiare, ma sceglieva di visitare sempre gli stessi posti.

Dopo un po' la malattia cominciò a ripercuotersi anche sulla loro vita quotidiana. Lui dimenticava a volte di aver fatto degli acquisti e sempre più spesso gli capitava di chiedere: «E questo chi l'ha comprato?». Poi, inevitabilmente, passava il resto della giornata di cattivo umore. Vivevano nello stesso appartamento in cui si erano trasferiti dopo il matrimonio, ma lui cominciò a non tornare più a casa e lei spesso riceveva telefonate dalla polizia. Quindi, all'incirca sei mesi prima, lui aveva cominciato a chiamarla con il suo cognome da nubile, Kōtake.

*

Finalmente la sensazione di vertigine e tremore scomparve e Kōtake riaprì gli occhi. Vide la pala da soffitto che girava lenta... le sue mani e i suoi piedi. Non era più fatta di vapore.

A ogni modo, non sapeva ancora se fosse davvero tornata indietro nel tempo. Il caffè non aveva finestre e la luce era sempre soffusa. A meno di non guardare l'orologio, non c'era modo di sapere se fosse giorno o notte. Tre orologi robusti appesi alla parete mostravano tutti orari diversi.

Ma in realtà qualcosa di diverso c'era. Kazu era sparita, e non si vedeva neanche Kei. Kōtake cercò di calmarsi, ma non riusciva in nessun modo a rallentare il battito del cuore. Si guardò di nuovo attorno.

«Qui non c'è nessuno», brontolò. Ma soprattutto non c'era Fusagi, che era l'unico scopo del suo viaggio nel passato.

Guardò come stordita le pale sul soffitto e considerò la situazione.

Era un vero peccato, ma forse in realtà era meglio così. Anzi, per certi versi si sentiva persino sollevata. Certo, aveva una gran voglia di leggere quella lettera, ma non poteva fare a meno di sentirsi una ficcanaso, per così dire. Fusagi si sarebbe infuriato se avesse saputo che era venuta dal futuro apposta per leggerla.

Qualsiasi azione avesse intrapreso, il presente non sarebbe cambiato comunque. Se anche non l'avesse mai letta era lo stesso. Se leggendola la sua condizione fosse migliorata, allora certo che l'avrebbe fatto, avrebbe dato la vita per farlo stare meglio. Ma la lettera non c'entrava niente con la sua malattia, e non avrebbe cambiato neanche il fatto che lui ormai l'aveva dimenticata.

Fece un esame obiettivo della situazione. Poco prima lui le aveva chiesto se per caso si fossero mai conosciuti, e questo l'aveva mandata in crisi. Aveva sempre saputo che presto o tardi sarebbe successo, ma quella domanda improvvisa l'aveva colta alla sprovvista e catapultata laggiù, nel passato.

Stava cominciando a ritrovare la calma.

Se quello era davvero il passato, non c'era niente di utile. "Tanto vale tornare nel presente. Anche se ormai per Fusagi sono un'estranea, posso sempre fargli da infermiera. Devo fare quello che posso." Ricordò il proprio voto e lo riconfermò.

«Dubito fortemente che sia una lettera d'amore», borbottò allungando una mano per prendere la tazza di caffè.

Din-don

Era appena arrivato qualcuno. Per entrare nel caffè, bisognava scendere i gradini dal pianterreno e aprire una porta di legno robusto alta due metri. In quel momento suonava il campanello, ma il nuovo arrivato non compariva subito perché prima doveva percorrere un breve corridoietto, solo pochi passi, per poi affacciarsi di persona nel locale.

Perciò quando il campanello suonò, Kōtake non aveva idea di chi fosse arrivato. "Sarà Nagare? Oppure Kei?" Sentì l'agitazione dell'attesa, il cuore che le batteva sempre più forte. Non le capitava spesso, anzi a dirla tutta quasi mai. "Se è Kei, mi chiederà che ci faccio qui. Invece se è Kazu si comporterà come al solito... facendomi innervosire parecchio."

Kōtake s'immaginò i diversi scenari possibili, ma la persona che comparve pochi secondi dopo non era né Kei né Kazu. Fermo sulla soglia c'era Fusagi.

«Oh!» esclamò Kōtake. La sua apparizione improvvisa l'aveva lasciata di stucco. Era tornata nel passato apposta per lui, ma non si aspettava che arrivasse proprio in quel momento.

Indossava una polo blu e dei bermuda beige, il suo tipico abbigliamento da tempo libero. Fuori doveva fare un gran caldo, perché si sventolava agitando il portadocumenti nero con la zip.

Lei rimase immobile al suo posto, mentre lui la fissava incerto dalla porta.

«Ehi, ciao», lo salutò lei.

Non sapeva come affrontare la questione che l'aveva riportata nel passato. Lui non l'aveva mai guardata in quel modo. Non da quando si erano conosciuti, e men che meno da quando si erano sposati. Era lusinghiero e imbarazzato insieme.

Aveva visualizzato vagamente un'immagine di tre anni prima, ma non sapeva come accertarsi della data precisa. Magari si sbagliava e poteva anche essere tornata a tre *giorni* prima. Ma proprio quando cominciava a pensare di essere stata troppo vaga...

«Oh, ciao, non pensavo di trovarti qui», le rispose in tono naturale.

Fusagi parlava come prima di ammalarsi e somigliava al Fusagi che aveva immaginato lei, cioè a come se lo ricordava.

«Ti aspettavo, ma non sei tornata a casa», le disse, distogliendo lo sguardo. Tossì nervosamente con aria imbarazzata, quasi si sentisse a disagio.

«Sei davvero tu?» disse lei.

«Eh?»

«Lo sai chi sono?»

«Come?» le chiese sconcertato.

Certo, non scherzava, ma doveva esserne sicura al cento per cento. Sul fatto che fosse tornata nel passato non c'erano molti dubbi, ma in quale data? Prima o dopo l'esordio dell'Alzheimer?

«Ti prego, dimmi come mi chiamo», azzardò.

«La vuoi smettere di prendermi in giro?» reagì lui in tono sgarbato.

Non era la risposta che voleva, ma Kōtake sorrise sollevata. «No, va bene così», disse, scrollando leggermente la testa.

Questo piccolo scambio di battute le aveva detto tutto quello che le interessava sapere. Sì, era proprio tornata indietro. Il Fusagi in piedi di fronte a lei era il Fusagi che non aveva ancora perduto la memoria. E se l'immagine che aveva visualizzato era corretta, doveva essere il Fusagi di tre anni prima. Kōtake fece un sorriso mescolando inutilmente il caffè.

Fusagi rimase a osservare Kōtake e la sua aria bizzarra. «Oggi sei un po' strana, lo sai?» disse, guardandosi attorno, come se si fosse appena accorto che erano soli.

«Nagare, sei lì?» urlò verso la cucina.

Non sentendo rispondere, andò dietro il bancone ciabattando con le infradito, sbirciò nella stanza sul retro ma non vide nessuno.

«Che strano, non c'è anima viva», borbottò mentre si sedeva su uno sgabello lontano da Kōtake.

Lei tossì per attirare la sua attenzione e lui la guardò annoiato.

«Che c'è?»

«Perché ti sei seduto laggiù?»

«E perché no? Cosa c'è di male?»

«Perché non ti siedi qui vicino a me?»

Lei diede un colpetto sul tavolo per invitarlo a sedersi nel posto vuoto che aveva di fronte, ma lui fece una smorfia.

«No, sto bene qui, grazie», rispose.

«Dai, vieni qui... Perché non vuoi?»

«Una matura coppia sposata seduta appiccicata come... naaah!» esclamò Fusagi, con un tono di nuovo sgarbato e il solco tra le sopracciglia sempre più profondo. Sembrava che l'idea non gli piacesse, ma quando aggrottava la fronte in quel modo non voleva dire che fosse contrariato. Anzi, in lui era segno di buonumore.

Kōtake lo sapeva benissimo che era un modo per nascondere l'imbarazzo.

«Vero, siamo una coppia sposata», concordò con un sorriso, felice di sentire di nuovo la parola *coppia* sulle sue labbra.

«Ehi... non fare la sentimentale adesso...»

Ogni sua parola la investiva con ondate di nostalgia... e felicità. Bevve distrattamente un sorso di caffè.

«Oh-oh», disse Kōtake ad alta voce, sentendo quanto si era raffreddato. Si ricordò di avere ancora poco tempo per fare quello che doveva.

«Senti, ti volevo chiedere una cosa.»

«Cosa? Che c'è?»

«C'è qualcosa... qualcosa che vorresti darmi?»

Il cuore di Kōtake prese a battere all'impazzata. Fusagi aveva scritto quella lettera prima che la malattia lo colpisse, e *magari* poteva anche parlare d'amore. "No, impossibile, figuriamoci..." si diceva lei. "Ma se fosse così..." Rassicurata dal fatto che il presente non sarebbe cambiato comunque, adesso avrebbe dato qualsiasi cosa per leggerla.

«Cosa?»

«Più o meno di queste dimensioni...»

Kōtake disegnò con le dita la forma di una busta, proprio come aveva fatto prima Kazu. Il suo approccio diretto lo mise in allarme, e lui rimase a fissarla immobile. "Ecco, ho rovinato tutto", pensò lei, vedendo la sua espressione. E ricordò che qualcosa di simile era già capitato poco dopo il matrimonio.

Fusagi le aveva preso un regalino per il compleanno, ma il giorno prima lei lo aveva trovato tra le sue cose. Non avendo mai ricevuto niente da parte sua, Kōtake non vedeva l'ora di scartare questo primo regalo. Il giorno del suo compleanno, quando lui era tornato a casa dal lavoro, lei era così eccitata che gli aveva chiesto subito: «Non hai niente di speciale per me oggi?». Ma lui aveva reagito in maniera impassibile: «No, niente di particolare». Il giorno dopo, lei aveva trovato il suo regalo dentro il bidone dell'immondizia. Era il fazzoletto lilla.

Adesso le parve di aver ripetuto lo stesso errore. Lui odiava che gli dicessero di fare una cosa che aveva già deciso di fare, e perciò le venne paura che a questo punto, anche se avesse avuto la lettera con sé, non gliel'avrebbe mai data. Soprattutto se fosse stata davvero una lettera d'amore. Si rimproverò per l'imprudenza, anche perché il tempo era essenziale. Lui la guardava ancora allarmato e lei gli sorrise.

«Scusami, non volevo. Non ci pensare più», gli disse Kōtake in tono leggero. Poi, per allentare la tensione, propose: «Ehi, stavo pensando, perché non ci prepariamo un *sukiyaki*, stasera?».

Era il piatto preferito di Fusagi. Quando era di cattivo umore, di solito faceva miracoli.

Kōtake prese la tazza e controllò la temperatura con il palmo. Il caffè non era ancora freddo, aveva ancora tempo, poteva godersi quei preziosi momenti insieme a lui. Per un po' voleva dimenticarsi di quella lettera, ma a giudicare dalla sua reazione sembrava proprio che le avesse scritto. Altrimenti avrebbe risposto qualcosa di più vago, come: "Ma che diavolo stai dicendo?". Se continuava a pressarlo, lui avrebbe finito per buttarla via, e così decise di modificare la strategia. Avrebbe cercato di fargli cambiare umore per evitare di ripetere la scena del suo compleanno.

Lei lo guardò. Lui era ancora serio, ma in fondo faceva sempre così. Non voleva farle credere che bastava pronunciare la parola *sukiyaki* per metterlo di buonumore. Eh, no, lui non era tanto semplice! Questo era il Fusagi prima dell'Alzheimer. Anche il suo viso imbronciato era prezioso per lei. Era una benedizione stare di nuovo insieme a lui. Ma stavolta Kōtake aveva frainteso.

«Oh, adesso ho capito che succede!» esclamò lui con aria triste, alzandosi dallo sgabello e piantandosi di fronte a lei.

«Cosa intendi?» chiese lei, fissandolo negli occhi, mentre lui la guardava con aria di superiorità. «Cosa c'è che non va?» Era la prima volta che lo vedeva così.

«Tu vieni dal futuro... giusto?»

«Cosa?»

A sentirle così, le sue parole suonavano assurde, ma in realtà aveva ragione, lei veniva davvero dal futuro.

«Ehm, ecco, senti...» Nel frattempo, Kōtake si stava scervellando nel tentativo di ricordare se ci fosse una regola tipo: *Quando torni nel passato, non puoi rivelare che vieni dal futuro.* No, non le pareva proprio.

«Senti, ti posso spiegare...»

«In effetti mi sembrava strano che fossi seduta proprio su *quella* sedia.»

«Sì... be', vedi...»

«Questo significa che sai della mia malattia.»

Kōtake sentì il cuore ripartire al galoppo. Pensava di essere tornata in un'epoca precedente la sua malattia, ma evidentemente non era così. Il Fusagi in piedi di fronte a lei sapeva benissimo di essere malato.

Dal suo abbigliamento si capiva che fuori faceva caldo e Kōtake comprese di essere tornata all'estate di due anni prima, quando lui aveva cominciato a perdere la strada e lei aveva cominciato a notare i primi sintomi. Se invece fosse tornata indietro di un solo anno, avrebbero fatto una gran fatica ad avere una conversazione normale.

Anziché a tre anni prima, era tornata al giorno che soddisfaceva i criteri da lei immaginati: *un giorno in cui Fusagi si ricordava ancora di lei... un giorno in cui stava pensando di darle la lettera... e un giorno in cui era venuto al caffè con la lettera.* Tre anni prima non doveva averla ancora scritta.

Il Fusagi in piedi di fronte a lei sapeva di essere malato, perciò il contenuto della lettera riguardava di sicuro la sua malattia. In più, il modo in cui aveva reagito alla sua semplice allusione sembrava un'ulteriore conferma.

«Lo sai, vero?» ripeté in tono aggressivo, insistendo per farsi rispondere. A questo punto, Kōtake capì di non poter più mentire e annuì in silenzio.

«Capisco», biascicò lui.

Lei ritrovò la calma. "Okay, qualsiasi cosa faccia, il presente non cambierà. Ma potrei farlo star male... Non sarei mai tornata nel passato se avessi pensato a un'evenienza simile. Com'era stupida l'idea che fosse una lettera d'amore."

Si era pentita a morte di aver compiuto quel maledetto viaggio nel passato. Ma adesso non era il momento di commiserarsi. Lui era ammutolito, lo sguardo sconsolato.

«Amore mio?» lo chiamò lei.

Non l'aveva mai visto così depresso, le si spezzava il cuore. Di botto le girò le spalle e tornò al bancone, poi prese il portadocumenti nero, tirò fuori una busta marrone e tornò da lei. In quel momento, il suo sguardo sembrava più imbarazzato che triste.

«La "te" che vive in questo momento non sa ancora della mia malattia...» cominciò a borbottare con una voce roca e quasi impercettibile.

"Forse lui la pensa così, ma questa 'me' lo sa già, o lo saprà molto presto."

«Non so proprio come dirtelo...» biascicò, sventolandole la busta sotto gli occhi. Quella lettera serviva a dirle che aveva l'Alzheimer.

"Ma io non ho bisogno di leggerla... lo so già. Avrebbe più senso darla alla 'me' del passato, la 'me' a cui Fusagi non riesce in nessun modo a dare quella lettera... Va bene, se proprio non ci riesce con quella versione di me, vorrà dire che la prenderò io. È così che vanno le cose."

Decise di andarsene in quel momento, prima di affrontare l'argomento della malattia. L'ipotesi peggiore era che lui si mettesse a chiederle come stava nel futuro. Se le avesse chiesto notizie sul progredire della malattia, chissà come ci sarebbe rimasto. Doveva ripartire prima che glielo chiedesse. Era venuto il momento di tornare nel presente...

Il caffè aveva raggiunto una temperatura che consentiva di berlo tutto d'un sorso.

«Non posso far raffreddare il caffè», disse portandosi la tazza alla bocca.

«Allora, mi sono scordato anche di te? Eh, dimmelo, ti prego», borbottò lui, guardando a terra.

A questa domanda, Kōtake fu sopraffatta dall'emozione e si dimenticò persino del caffè.

Lo guardò trepidante e notò quanto fosse desolata la sua espressione in quel momento. Non avrebbe mai immaginato che potesse avere un'aria simile. Rimasta senza parole, non riusciva a guardarlo negli occhi e si ritrovò anche lei a fissare il pavimento.

Non rispondergli equivaleva a un sì.

«Capisco, era la cosa che temevo di più», mormorò triste.

Chinò la testa così tanto che il collo parve spezzarsi in due.

Gli occhi di Kōtake si gonfiarono di lacrime. Dopo la diagnosi di Alzheimer, Fusagi aveva lottato ogni giorno contro il terrore di perdere la memoria. Eppure lei, sua moglie, non aveva capito quanto gli fosse pesato sopportare questi pensieri angoscianti tutto da solo. Venuto a sapere che era tornata dal futuro, la prima cosa che le aveva chiesto era se l'avesse dimenticata, e questo la riempiva di gioia e di tristezza insieme.

Però le diede anche la forza di guardarlo dritto in faccia, senza asciugarsi gli occhi. Gli fece un gran sorriso per dargli l'illusione che fossero lacrime di gioia.

«In realtà la malattia è migliorata, sai?»

("Come infermiera, adesso è il momento di essere forte.")

«Anzi, il 'te' del futuro mi ha detto...»

("Posso dire qualsiasi cosa, tanto il presente non cambierà.")

«...che sei stato molto in ansia...»

("Che male c'è se dico una bugia? Se posso tranquillizzarlo, anche solo per poco, ne vale la pena...")

Voleva con tutto il cuore che lui le credesse, avrebbe fatto qualsiasi cosa. Si sentiva un nodo in gola e le guance le si rigarono di lacrime. Ma conservò il sorriso e proseguì.

«Andrà tutto bene.»

("Andrà tutto bene!")

«Guarirai.»

("Guarirai!")

«Non ti preoccupare.»

("Guarirai... è vero!")

In ogni parola che pronunciava, metteva tutta la sua forza. Nella sua testa non erano bugie. Anche se lui si era scordato di lei... Anche se non poteva fare niente per cambiare il presente. Lui la guardò dritto negli occhi e lei ricambiò il suo sguardo, le guance bagnate di lacrime.

«Ah, davvero?» sussurrò tutto contento.

«Sì», rispose lei.

Lui la guardò con gli occhi più dolci che avesse mai avuto e le si avvicinò tenendo la busta in mano. Ormai erano così vicini che gliela poteva dare.

«Ecco», le disse porgendogliela come un ragazzino intimidito.

Lei fece il gesto di allontanarla, ripetendogli: «Ma vedrai, starai meglio».

«E allora tu buttala via», insisté lui con una tale dolcezza, così diversa dal suo solito tono burbero, che lei fu invasa dalla sensazione di essersi lasciata sfuggire qualcosa.

Fusagi le porse di nuovo la busta marrone e la mano tremante di lei finalmente la prese. Kōtake non sapeva di preciso quali fossero le intenzioni del marito.

«Su, bevi, altrimenti il caffè si raffredda», le disse lui, conoscendo bene le regole. La dolcezza del suo sorriso sembrava sconfinata.

Kōtake annuì senza dire una parola e prese la tazza.

Quando la strinse tra le mani, lui le girò le spalle.

Il loro tempo come coppia si era appena concluso, e negli occhi di lei si formò una grossa lacrima.

«Amore mio!» gridò Kōtake senza pensare. Lui non si girò, le spalle scosse da un tremito. Lei bevve il caffè d'un sorso, fissando la sua schiena. Lo scolò d'un fiato non tanto per paura che si raffreddasse, quanto per rispetto nei confronti di Fusagi, che si era girato per consentirle di tornare nel futuro in fretta e senza correre rischi. La amava davvero tanto.

«Tesoro.»

Come invasa da una sensazione di vertigine e tremore, Kōtake posò la tazza sul piattino. Mentre la sua mano si ritraeva, parve dissolversi nel vapore. Non restava che tornare nel presente. Quell'attimo fuggente, in cui erano stati di nuovo marito e moglie, era finito per sempre.

All'improvviso lui si girò, una reazione forse al tintinnio della tazza sul piattino. Kōtake non sapeva come lui la percepisse, ma sembrava ancora in grado di vederla. Mentre la sua coscienza sfarfallava e si disperdeva nel vapore, lei lo vide muovere appena le labbra.

Sembrava un *grazie*.

La sua coscienza era diventata tutt'uno con il vapore, e

Kōtake aveva iniziato il passaggio dal passato al presente. Il locale attorno avanzava velocissimo e lei non riusciva a trattenere le lacrime. In un battito di ciglia si accorse che Kazu e Kei erano riapparse nel suo campo visivo. Era tornata al presente, al giorno in cui Fusagi si era completamente scordato di lei. A Kei bastò darle un'occhiata per rattristarsi.

«È la lettera?» Stavolta disse *lettera*, non *lettera d'amore*.

Kōtake guardò la busta marrone che le aveva dato Fusagi nel passato e senza fretta estrasse il foglio.

La scrittura era incerta, come una fila di vermi scarabocchiati e serpeggianti: la calligrafia di Fusagi, su questo non c'erano dubbi. Mentre leggeva la lettera, Kōtake si portò la mano alla bocca per arrestare i singulti.

Il suo scoppio di lacrime fu così improvviso e violento che Kazu si preoccupò. «Kōtake... tutto bene?»

Kōtake prese a tremare e lentamente cominciò a gemere, sempre più forte. Kazu e Kei non le toglievano gli occhi di dosso, incerte sul da farsi. Dopo un po', Kōtake porse la lettera a Kazu.

Kazu prese la lettera e guardò Kei dietro il bancone, quasi a chiederle il permesso. Kei annuì con aria cupa.

Allora Kazu tornò a girarsi verso Kōtake che piangeva e la lesse a voce alta.

Fai l'infermiera, perciò immagino che tu l'abbia già capito. Ho una malattia che mi fa dimenticare le cose.

Se continuerò a perdere la memoria, sono sicuro che saresti capace di mettere da parte i tuoi sentimenti e di prenderti cura di me con il distacco di un'infermiera, e che lo faresti qualsiasi cosa dovessi dire o fare, per strana che fosse, anche se dovessi dimenticare chi sei.

Perciò ti chiedo di non dimenticare mai una cosa. Tu sei mia moglie, e se la vita si farà troppo dura per restare mia moglie, voglio che mi lasci.

Non mi devi fare da infermiera. Se non sarò più un bravo marito, voglio che mi lasci. Ti chiedo solo di fare il possibile per me come moglie. Anche se perderò la memoria, voglio che restiamo insie-

me solo come marito e moglie. Non posso sopportare l'idea che tu resti con me per compassione.

È una cosa che non riesco a dirti in faccia, e perciò te la scrivo per lettera.

Appena Kazu ebbe finito, Kōtake e Kei guardarono verso il soffitto e cominciarono a piangere forte. Kōtake intuì perché Fusagi gliel'avesse data: lei era sua moglie nel futuro e con quella lettera lui metteva in chiaro che sapeva benissimo cos'avrebbe fatto dopo aver scoperto la sua malattia. Vedendola tornare dal futuro, lui aveva capito che, come aveva previsto, Kōtake nel futuro si stava prendendo cura di lui come infermiera.

Nell'ansia e nel terrore di perdere la memoria, Fusagi sperava che lei continuasse a essere semplicemente sua moglie. La portava sempre nel cuore.

Ma le conferme non finivano qui. Anche dopo aver perso la memoria, Fusagi si accontentava di guardare le riviste di viaggi, buttando giù degli appunti sul suo taccuino. Sbirciando, una volta Kōtake aveva visto che era un elenco dei posti visitati come designer di giardini e aveva interpretato quella mania come una semplice riprova della sua passione per il lavoro, ma si sbagliava di grosso. Le mete che si era appuntato le aveva visitate tutte insieme a lei. Quella volta Kōtake non se n'era accorta, non l'aveva capito. Quegli appunti erano l'ultimo appiglio a cui si aggrappava Fusagi, che di giorno in giorno si stava dimenticando chi era.

Ovviamente non si pentiva di avergli fatto da infermiera, perché era sinceramente convinta che fosse la cosa migliore. Ma del resto neanche lui le aveva scritto quella lettera per criticarla, figurarsi. Quando lei gli aveva detto che sarebbe guarito, lui lo sapeva che era una bugia, ma era una bugia a cui voleva credere. "Altrimenti", pensò lei, "non le avrebbe mai detto 'grazie'."

Quando Kōtake smise di piangere, la donna in abito bianco tornò dal bagno, le si piantò davanti e pronunciò un'unica parola: «Spostati!».

«Ma certo», ribatté lei, balzando in piedi e lasciando libero il posto.

La ricomparsa della donna in abito bianco sembrava sincronizzata al centesimo di secondo con l'umore di Kōtake. Gli occhi gonfi di pianto, quest'ultima guardò Kazu e Kei sventolando la lettera che Kazu aveva appena finito di leggere.

«Ebbene, questo è quanto», disse con una smorfia.

Kei rispose con un cenno del capo, gli occhi rotondi e luccicanti ancora gonfi di lacrime.

«Oddio, cos'ho fatto finora?» mormorò Kōtake, fissando la lettera.

«Kōtake», gemette Kei, tirando su con il naso.

Kōtake ripiegò la lettera con cura e la richiuse nella busta. «Adesso torno a casa», disse con voce ferma.

Kazu annuì, mentre Kei continuava a tirare su con il naso. Kōtake la guardò e pensò che aveva pianto più di lei. Di questo passo si sarebbe disidratata, si disse, e fece un gran sospiro. Con un'espressione quasi più decisa di prima, prese il portafoglio e porse a Kazu trecentottanta yen in contanti.

«Grazie», disse.

Kazu ricambiò il sorriso con aria tranquilla.

Kōtake chinò la testa per salutare e si diresse verso l'uscita. Camminava in fretta, aveva una gran voglia di vedere la faccia di Fusagi.

Oltrepassò la soglia e la persero di vista, ma un attimo dopo era di nuovo nel locale.

«Ah!» esclamò, mentre Kazu e Kei la guardavano incuriosite.

«Un'altra cosa», disse. «Da domani in poi, non chiamatemi più con il mio cognome da nubile, d'accordo?» si raccomandò con un gran sorriso.

In realtà era stata proprio Kōtake a chiedere di essere chiamata con il suo cognome da nubile. Quando Fusagi aveva cominciato a chiamarla Kōtake, lei aveva preferito evitare equivoci, ma ormai non serviva più.

«Intesi!» rispose Kei tutta contenta, gli occhi sgranati e il sorriso sulla bocca.

«Ditelo anche agli altri», si raccomandò Kōtake, e senza aspettare risposta salutò e se ne andò.

Din-don

«Va bene», disse Kazu, quasi tra sé e sé, mentre metteva in cassa i soldi di Kōtake.

Kei prese la tazza da cui aveva bevuto Kōtake e andò in cucina per recuperare dell'altro caffè per la donna in abito bianco. Il tintinnio dei tasti rimbombò tra le pareti fresche del locale, mentre le pale sul soffitto continuavano a girare silenziose. Kei tornò dal retro e versò dell'altro caffè alla donna in abito bianco. «Ci fa piacere che sia qui con noi anche quest'estate», le sussurrò.

La donna in abito bianco continuò a leggere il suo romanzo senza rispondere. Kei si passò una mano sul grembo e sorrise.

L'estate era appena cominciata.

3.

LE DUE SORELLE

Una ragazza era seduta tranquilla su *quella* sedia.

Aveva gli occhi grandi e dolci e sembrava in età da liceo. Indossava un dolcevita beige con una minigonna scozzese, calze nere e stivali marroni, e allo schienale era appeso un montgomery. Era vestita da adulta, ma nella sua espressione c'era un che di infantile. I capelli erano tagliati a caschetto, all'altezza della mascella. Non era truccata, ma le ciglia lunghe ne accentuavano i lineamenti delicati.

Anche se veniva dal futuro, non c'era niente nel suo aspetto che le avrebbe impedito di presentarsi come una qualsiasi ragazza del presente, non fosse stato per la regola che i visitatori dal futuro dovevano rimanere fermi su *quella* sedia. L'unico indizio rivelatore poteva essere che ai primi di agosto il suo abbigliamento sembrava terribilmente fuori stagione.

Era ancora un mistero il motivo per cui quella ragazza aveva affrontato quel viaggio. In quel momento, nel caffè c'era soltanto Nagare Tokita, un omone robusto dagli occhi piccoli, vestito con la divisa da chef, che stava in piedi dietro il bancone.

Tuttavia non sembrava proprio che la ragazza fosse venuta per incontrare il proprietario del caffè. Per quanto lo guardasse fisso, non mostrava alcuna emozione nei suoi confronti. Anzi, pareva del tutto disinteressata alla sua esistenza. Ma nel caffè c'erano soltanto loro due, e Nagare la guardava a braccia conserte.

Nagare era un uomo davvero robusto. Qualsiasi ragazza, o donna se vogliamo, avrebbe potuto avvertire un lieve disagio nello stare seduta da sola in quel piccolo caffè insieme a lui. Ma l'espressione perfettamente imperturbabile dipinta sul viso della giovane suggeriva che quello era l'ultimo dei suoi problemi.

La ragazza e Nagare non si erano scambiati una parola, e lei si era limitata a dare ogni tanto un'occhiata agli orologi da parete, come se fosse preoccupata per l'ora.

All'improvviso Nagare ebbe un sussulto e sgranò l'occhio destro. Il campanello del tostapane in cucina aveva suonato. Era pronto. Andò sul retro e si mise a preparare qualcosa. La ragazza non ci badò e bevve un sorso di caffè. Annuì come a dire *sì*: il caffè doveva essere ancora caldo, e dal suo sguardo si capiva che aveva ancora tempo. Nagare uscì dalla cucina. Portava un vassoio rettangolare con una fetta di pane tostato, del burro, un'insalata e uno yogurt alla frutta. Il burro era fatto in casa: la sua specialità. Il suo burro era così buono che la donna con i bigodini, Hirai, spesso se ne portava via un po' in un contenitore di plastica.

Per Nagare era una grande soddisfazione vedere i propri clienti gustarsi con piacere il suo burro delizioso. Il fatto era che usava solo gli ingredienti più costosi, tuttavia il burro non lo faceva mai pagare. I condimenti non rientravano nel conto, su questo non ci voleva sentire. E uno standard così alto cominciava a diventare un problema.

Si piantò di fronte alla ragazza con il vassoio in mano. La sua corporatura robusta doveva sembrare una specie di muro gigante alla ragazzina minuta seduta a quel tavolo.

Lui la guardò dall'alto in basso. «Per chi sei venuta?» le chiese, senza tanti giri di parole.

La ragazza alzò la testa e guardò il muro gigante immobile davanti a lei, senza fare una piega. Di solito le sue dimensioni provocavano sorpresa o apprensione in chi non lo conosceva, e stavolta gli parve strano non suscitare lo stesso effetto.

«Allora?» chiese ancora.

Ma la ragazza non gli diede grande soddisfazione.

«Nessuno in particolare», si limitò a dire, bevendo un altro sorso di caffè. Era chiaro che non aveva voglia di mettersi a chiacchierare con lui.

Piegando la testa di lato, Nagare depositò con cura il vassoio sul tavolo e tornò al suo posto dietro il bancone. La ragazza parve improvvisamente a disagio.

«Ehm, mi scusi», lo chiamò.

«Sì?»

«Io non ho ordinato niente», disse imbarazzata, indicando il pane tostato e il resto che aveva di fronte.

«Offre la casa», ribatté Nagare con orgoglio.

La ragazza guardò incredula tutto quel cibo gratis, mentre lui si appoggiava con entrambe le mani al bancone.

«Hai fatto tutta questa fatica per venire dal futuro, e non posso permettere che una ragazza come te se ne torni indietro senza offrirle qualcosa», disse lui, aspettandosi forse almeno un *grazie*. Ma la ragazza rimase a fissarlo senza lasciarsi sfuggire neppure un sorriso. Lui si sentì in dovere di chiederle, leggermente irritato: «C'è qualche problema?».

«No, grazie, adesso mangio.»

«Brava...»

«Be', perché non dovrei?»

La ragazza spalmò il burro sul pane e diede un bel morso, masticando con gusto. Vederla mangiare era un piacere.

Nagare attese la sua reazione. Di sicuro gli avrebbe manifestato il suo entusiasmo per quel burro da competizione. Invece non reagì affatto come si aspettava, anzi continuò a masticare senza cambiare espressione. Quando ebbe finito il pane imburrato, cominciò a sgranocchiare l'insalata e poi spazzolò lo yogurt.

Alla fine giunse le mani per ringraziare e non fece neanche un commento. Nagare era terribilmente deluso.

Din-don

Appena entrata, Kazu gli porse il mazzo di chiavi.

«Sono torna...» disse, lasciando la frase a metà quando notò la ragazza su *quella* sedia.

«Ciao», rispose Nagare, mettendosi in tasca il portachiavi. Non le disse: «Ciao, bentornata», come faceva sempre.

Kazu prese Nagare per un polso e gli sussurrò: «Ma chi è?».

«Sto cercando di capirlo anch'io», replicò lui.

Di solito Kazu non prestava mai troppa attenzione a chi stava seduto a quel posto. Quando appariva qualcuno, capiva subito che era venuto dal futuro e non si intrometteva.

Ma era la prima volta che arrivava una ragazza così giovane e carina, e non riusciva a toglierle gli occhi di dosso.

Il suo sguardo fisso non passò inosservato.

«Ciao!» disse la ragazza con un bel sorriso, e Nagare si risentì per il fatto che non l'avesse rivolto anche a lui.

«Sei venuta a incontrare qualcuno?» le chiese Kazu.

«Sì, spero di sì», concesse la ragazza.

Sentendole parlare, Nagare si irrigidì. Gliel'aveva chiesto anche lui poco prima, e la ragazza si era ben guardata dal rispondergli. Non c'era proprio niente di divertente.

«Ma non è ancora arrivato, giusto?» disse lui in tono brusco, distogliendo subito lo sguardo.

"Insomma, chi deve incontrare?" si chiese Kazu picchiettandosi il mento con l'indice.

«Allora? Non è lui, vero?» domandò indicando Nagare con lo stesso indice.

«Io?» chiese Nagare, indicandosi a sua volta. «Ehm, vediamo...» borbottò incrociando le braccia come se cercasse di ricordare il momento in cui era comparsa la ragazza.

La ragazza era seduta su *quella* sedia da una manciata di minuti. Kei era dovuta andare al consultorio e Kazu l'aveva accompagnata in macchina. Di solito ai controlli l'accompagnava sempre Nagare, ma il consultorio per lui era una specie di santuario per sole donne, dove nessun uomo doveva avventurarsi. Ecco perché era rimasto al caffè.

("Aveva scelto un momento in cui ero solo al lavoro?")

Il suo cuore accelerò al pensiero.

("Allora forse è stata così scontrosa finora solo perché è imbarazzata...")

Carezzandosi il mento, annuì come se finalmente i conti

cominciassero a tornare. Sbucò da dietro il bancone e andò a piazzarsi sulla sedia di fronte alla ragazza.

La ragazza lo fissò con aria impassibile.

Lui non sembrava più l'uomo che era stato fino a un attimo prima.

"Se è così fredda con me solo per timidezza, cercherò di essere più affabile", pensò facendo un gran sorriso.

Si appoggiò con i gomiti al tavolo e le chiese in tono disinvolto: «Allora, è me che volevi incontrare?».

«Figurarsi.»

«Non sei venuta per incontrare me?»

«No.»

«Sicura?»

«Sicurissima!»

«...»

La ragazza era stata categorica. Kazu sentì la conversazione e giunse a un'unica conclusione possibile: «Guarda, direi che l'ipotesi è da scartare».

Nagare rimase deluso. «Okay... allora non sono io», commentò stizzito, tornando dietro il bancone.

La ragazza trovò la scena molto divertente e si lasciò sfuggire una risatina.

Din-don

Quando suonò il campanello della porta, la ragazza guardò l'orologio al centro della parete, l'unico attendibile. Gli altri due correvano troppo o troppo poco, e si vedeva che lei lo sapeva. La ragazza rimase a fissare l'ingresso.

Un attimo dopo, comparve Kei.

«Grazie, Kazu, cara», disse entrando. Indossava un abito verde acqua con dei sandali alla greca e si sventolava con un cappello di paglia. Era uscita con Kazu, ma a giudicare dal sacchetto che teneva in mano doveva aver fatto un salto nel discount lì accanto prima di tornare al caffè. Kei era una persona spensierata per natura. Sempre gentile e mai timida, era a suo agio anche con il più arcigno dei clienti;

sapeva essere amichevole ed estroversa perfino con uno straniero che non parlava una parola di giapponese.

Quando Kei notò la ragazza seduta su *quella* sedia, la salutò con un gran sorriso: «Buongiorno, benvenuta». Il suo sorriso era persino più luminoso del solito, e anche il suo tono di voce era più alto.

La ragazza si raddrizzò sulla sedia e chinò appena il capo, continuando a fissare Kei.

Kei rispose con un altro sorriso e andò dietro il bancone.

«Be', che mi dici?» le chiese subito Nagare.

Visto dov'erano andate lei e Kazu, la domanda non poteva avere molti altri significati. Kei si toccò la pancia ancora piatta, alzò le dita a v e sorrise.

«Allora tutto bene», disse lui.

Strinse gli occhi e annuì due volte. Quando era felice, Nagare non riusciva mai a esprimere apertamente la propria gioia. Consapevole di questa cosa, Kei osservò soddisfatta la sua reazione.

La ragazza su *quella* sedia seguì l'intera scena con occhi attenti, emozionata. Kei non parve accorgersi del modo in cui la guardava e fece per entrare nella stanza sul retro.

A quel punto, quasi fosse stato un segnale, la giovane la chiamò con un tono di voce inaspettatamente alto. «Scusi?»

Kei si fermò di botto e rispose distratta: «Sì?» girandosi a guardare la ragazza con i suoi occhi rotondi e luccicanti.

La ragazza distolse di proposito lo sguardo e si agitò sulla sedia.

«Che c'è?» chiese Kei.

La ragazza sollevò la testa come se avesse davvero bisogno di qualcosa; il suo sorriso era dolce e sincero. La freddezza che aveva dimostrato a Nagare si era dissolta all'improvviso.

«Ehm, è solo che...»

«Sì, che c'è?»

«Vorrei farmi una foto con lei.»

Kei sbatté gli occhi, sorpresa dalle parole della ragazza. «Con me?» le chiese.

«Sì.»

«Con lei?» ripeté all'istante Nagare, indicando Kei.

«Sì», disse ancora la ragazza, con fare allegro.

«Significa che sei venuta per incontrare lei?» chiese Kazu.

«Sì.»

Dinnanzi a quella confessione imprevista, a Kei brillarono gli occhi. Kei non era mai sospettosa verso gli estranei, perciò anziché chiedersi chi fosse quella ragazza o perché mai volesse scattare una foto con lei, si limitò a esclamare: «Oh, davvero? Prima posso rifarmi il trucco?».

Poi estrasse una piccola trousse dalla pochette e cominciò a sistemarsi.

«Ehm, non c'è molto tempo», le fece notare la ragazza.

«Ah, già... ma certo!»

Naturalmente le regole le conosceva bene anche Kei, e arrossì richiudendo di scatto la trousse.

Per colpa della regola che le impediva di muoversi da *quella* sedia, la ragazza non poteva andarle accanto, come avrebbe fatto in condizioni normali chiedendo a una persona di scattare una foto insieme. Così Kei porse il sacchetto e il cappello di paglia a Kazu e si mise in posa di fianco alla ragazza.

«Dov'è la tua macchina fotografica?» le chiese Kazu.

La ragazza spinse un oggetto verso di lei sul tavolo.

«Eh? È una macchina fotografica?» chiese sorpresa Kei, mentre Kazu osservava quell'aggeggio. Aveva le dimensioni di un biglietto da visita, era sottilissimo e semitrasparente, sembrava un tesserino plastificato.

Kei lo fissava affascinata e lo squadrò da vicino. «Quant'è sottile!»

«Ehm, ci dovremmo sbrigare. Il tempo è quasi scaduto», l'avvertì la ragazza senza perdere la calma.

«Hai ragione, scusa», disse Kei con un'alzata di spalle, tornando a sistemarsi di fianco a lei.

«Okay, sto scattando!» esclamò Kazu puntando la macchina fotografica verso di loro. Non sembrava difficile da usare, bastava premere il bottone sullo schermo.

Click.

«Ehi, aspetta un attimo, quando scatti?» chiese Kei.

Kazu restituì la macchina alla ragazza, ma aveva scattato la foto mentre Kei si sistemava i capelli.

«Hai già scattato? E quando? Non me ne sono accorta.» La ragazza e Kazu avevano entrambe un'aria molto efficiente, mentre Kei sembrava la sola a essere confusa e piena di domande.

«Grazie davvero», disse la ragazza scolandosi l'ultimo sorso di caffè.

«Cosa...? Aspetta un attimo!» urlò Kei. Ma la ragazza si era già dissolta nel vapore. Mentre il filo di fumo saliva verso il soffitto, da sotto comparve all'improvviso la donna in abito bianco. Sembrava una trasformazione degna di un *ninja*.

Nessuno dei tre rimase sorpreso: in fondo, succedeva spesso. Se l'avesse visto un estraneo sarebbe rimasto allibito, anzi gli avrebbero detto che era stato un trucco di magia, per quanto nessuno dello staff sarebbe stato in grado di spiegarlo.

La donna in abito bianco aveva ripreso a leggere il suo romanzo come se niente fosse, ma appena vide il vassoio lo spostò infastidita con la mano destra, come a dire: "Portatelo via!".

Quando Kei arrivò a sparecchiare, Nagare le prese il vassoio, inclinò la testa incuriosito e scomparve in cucina.

«Chissà chi era», borbottò Kei, riprendendo da Kazu il sacchetto e il cappello di paglia e raggiungendo Nagare sul retro.

Kazu rimase a fissare *quella* sedia, che adesso era occupata dalla donna in abito bianco. Le si leggeva la preoccupazione in faccia.

Era la prima volta che un cliente tornava dal futuro per incontrare Nagare, Kei o Kazu. Non era mai sembrato molto sensato viaggiare nel tempo per incontrare un membro del personale, dato che non si spostavano mai dal caffè.

Invece stavolta una ragazza era appena tornata dal futuro per incontrare Kei.

Kazu non chiedeva mai quali fossero le ragioni che spingevano qualcuno a viaggiare indietro nel tempo. Anche se, mettiamo, un assassino fosse tornato nel passato, lei lo avrebbe lasciato in pace: la regola era che il presente non cambiava comunque, qualsiasi cosa uno cercasse di fare per sistemare le cose nel passato. Questa regola non poteva mai essere infranta. Una serie di eventi casuali si sarebbero verificati per impedire qualsiasi cambiamento nel presente. Se ad esempio un killer fosse venuto dal futuro e avesse sparato a un cliente che in quell'epoca futura era ancora vivo, il cliente non sarebbe mai morto, anche se fosse stato centrato al cuore.

La regola era questa.

Kazu, o chi per lei, avrebbe chiamato l'ambulanza e la polizia. L'ambulanza si sarebbe precipitata al caffè senza trovare traffico e avrebbe portato il paziente all'ospedale seguendo il percorso più breve nel minor tempo possibile. Vedendo le condizioni del paziente, i medici avrebbero forse detto "È un caso disperato", ma comunque un chirurgo di fama internazionale sarebbe capitato casualmente da quelle parti e avrebbe operato d'urgenza il paziente. Anche se il gruppo sanguigno della vittima fosse stato rarissimo, mettiamo uno su diecimila persone, l'ospedale avrebbe avuto casualmente una gran quantità di sacche di quel sangue. L'équipe medica sarebbe stata eccellente e l'operazione si sarebbe rivelata un successo. Il chirurgo in seguito avrebbe detto che se l'ambulanza avesse avuto un minuto di ritardo o la pallottola fosse finita un millimetro più a sinistra, il paziente non sarebbe mai sopravvissuto. Tutto lo staff avrebbe riconosciuto che era stato un vero miracolo. Ma in realtà non sarebbe stato un miracolo. Il merito era tutto della regola per cui l'uomo ferito nel passato doveva sopravvivere a ogni costo.

Ecco perché Kazu non badava mai a chi tornava dal futuro, per qualunque ragione lo facesse. Qualsiasi cosa un visitatore dal futuro decidesse di tentare, sarebbe stata del tutto inutile.

*

«Potresti portarglielo tu, per favore?» le chiese Nagare dalla porta della cucina.

103

Kazu si girò e lo vide fermo sulla soglia con in mano il vassoio con il caffè per la donna in abito bianco. Kazu lo prese e si diresse al tavolino della donna.

Per un attimo rimase a fissarla, con la testa affollata di pensieri. "Cos'è venuta a fare quella ragazza? Se era solo per scattare una foto con Kei, perché mai si è sobbarcata la fatica di viaggiare nel tempo?"

Din-don

«Buongiorno, benvenuto», urlò Nagare. Kazu raccolse i pensieri e servì il caffè.

("Ho la strana impressione che mi stia sfuggendo qualcosa d'importante.")

Per scacciare quella sensazione, Kazu scrollò la testa.

«Ciao.» Kōtake si era fermata un momento al caffè prima di rientrare a casa dal lavoro.

Indossava una polo verde acido e una gonna bianca con un paio di décolleté nere ai piedi. In spalla aveva una borsa di jeans.

«Ciao, Kōtake», le disse Nagare.

Sentendo quel nome, lei si girò sui tacchi come se stesse per uscire di nuovo.

«Oh, scusa, signora Fusagi», si corresse all'istante. Kōtake sorrise con aria soddisfatta e si accomodò al bancone.

Erano passati tre giorni da quando Kōtake era tornata nel passato e aveva ricevuto la lettera che Fusagi le aveva scritto ma non le aveva mai consegnato. E adesso ci teneva tantissimo a essere chiamata «signora Fusagi».

Appese la borsa allo schienale dello sgabello. «Un caffè, per favore», ordinò.

«Ma certo», le rispose Nagare, chinando la testa e tornando in cucina a preparare il caffè.

Kōtake si guardò attorno nel locale deserto, si strinse nelle spalle e trasse un sospiro profondo. Aveva pensato di accompagnare Fusagi a casa se l'avesse trovato al suo solito tavolino, perciò era un po' delusa. Kazu, che aveva assistito al-

lo scambio di battute tra Nagare e Kōtake con un sorriso, a-
veva finito di servire il caffè alla donna in abito bianco.

«Io vado in pausa», disse scomparendo nella stanza sul
retro. Kōtake rispose con un okay e la salutò con la mano.

Anche se erano i primi di agosto e faceva un gran caldo,
Kōtake non rinunciava al suo caffè bollente. Non c'era pa-
ragone con il caffè freddo, l'aroma era tutta un'altra cosa.

Quando Nagare preparava il caffè di solito usava il *sistema
del sifone*, detto anche *caffettiera a depressione*: versava acqua
calda in un'ampolla inferiore, poi la portava a ebollizione
per consentirle di salire attraverso il sifone nell'ampolla su-
periore, dove versava il caffè macinato, che veniva poi filtra-
to di nuovo nell'ampolla inferiore. Invece per Kōtake e altri
clienti fissi preparava il caffè americano. In questo caso,
metteva un filtro di carta in un *dripper*, aggiungeva il caffè
macinato e versava acqua calda. A suo avviso, questo metodo manuale permetteva maggiore flessibilità, perché si poteva modificare il gusto del caffè aggiustando la temperatura
dell'acqua o il modo in cui la versava. Visto che nel locale
non c'era mai musica di sottofondo, si poteva sentire il suono
leggero del caffè che scendeva a goccia a goccia. Appena
Kōtake sentiva quel rumore, sorrideva per la soddisfazione.

Kei invece di solito usava una macchinetta automatica,
dotata di un solo bottone che consentiva di scegliere tra diversi gusti. Siccome Kei non era una maestra nell'arte di
preparare il caffè, preferiva affidarsi alla tecnologia. Ecco
perché alcuni clienti che venivano apposta per godersi una
buona tazza di caffè preferivano quando c'era Nagare, altrimenti non lo ordinavano. In fondo, il prezzo era sempre lo
stesso. Di solito Kazu usava il metodo del sifone, e non per
una questione di gusto. Semplicemente, le piaceva guardare
l'acqua bollente che saliva dal sifone, mentre il metodo al-
l'americana le pareva noiosissimo.

A Kōtake fu servito un caffè preparato da Nagare apposta
per lei. Con il caffè davanti, chiuse gli occhi e annusò l'aroma in profondità. Era il suo momento di piacere. Nagare ci
teneva a usare dei chicchi con un aroma ben preciso, che i
clienti amavano oppure odiavano. Chi amava quell'aroma,

come Kōtake, non ne aveva mai abbastanza. Anzi, si poteva dire che fosse il caffè a scegliere i propri clienti. Come con il burro, Nagare adorava guardare i clienti mentre si godevano quell'aroma. E mentre li guardava, stringeva gli occhi.

«A proposito», disse Kōtake mentre si gustava il suo caffè, come se l'avesse ricordato all'improvviso, «ho notato che il bar di Hirai è rimasto chiuso sia ieri che oggi. Ne sapete qualcosa?»

Lo snack bar gestito da Hirai era una specie di hostess club in miniatura, a pochi metri dal caffè.

Era giusto un baretto con un bancone e sei posti a sedere, ma era sempre affollatissimo. Hirai alzava le serrande ogni sera a un'ora diversa, a seconda dell'umore, ma era aperto sette sere su sette, tutti i giorni dell'anno. Dall'inaugurazione in poi, non aveva chiuso neanche una volta. I clienti spesso aspettavano fuori e certe sere si strizzavano dentro in dieci. Solo i primi sei potevano sedersi, mentre gli altri erano costretti a bere in piedi.

Tra l'altro, la clientela non era solo maschile. Hirai era molto popolare anche tra le donne. Il suo modo schietto di parlare rischiava a volte di offendere i clienti, ma lo sapevano tutti che nelle sue parole non c'era mai ombra di cattiveria. La gente si sentiva a suo agio con lei, perché aveva il dono di dire qualsiasi cosa con una schiettezza disarmante. Vestiva in maniera appariscente e non le interessava cosa gli altri pensassero di lei, ma credeva fermamente nelle buone maniere e nell'etichetta. Quando qualcuno le parlava, lei ascoltava sempre con attenzione e non badava alla classe sociale: se secondo lei uno sbagliava, non aveva remore a rimetterlo in riga. Certi clienti erano molto generosi, ma lei non accettava mai soldi, se non per i drink. Altri cercavano di guadagnarsi i suoi favori facendole regali costosi, ma lei non li accettava mai, neanche una volta. C'erano persino uomini che le avrebbero offerto volentieri una casa o un appartamento, una Mercedes o una Ferrari, oppure diamanti o regali di lusso, ma lei diceva sempre: «Non sono interessata». Ogni tanto anche Kōtake andava a trovarla nel suo bar, perché era sicura di bere un buon drink scambiando due chiacchiere in allegria.

Kōtake aveva notato che il locale di Hirai, sempre così affollato, era rimasto chiuso per due sere di fila, e nessuno si spiegava il motivo. Cominciava a essere un po' preoccupata.

Appena lo aveva chiesto a Nagare, lui si era rattristato.

«Cos'è successo?» gli chiese stupita.

«È per via della sorella. Ha avuto un incidente d'auto», rispose sottovoce.

«Oh, no!»

«E così è tornata a casa.»

«Ma è terribile!» esclamò Kōtake, immergendo lo sguardo nel caffè nerissimo. Conosceva Kumi, perché ogni tanto veniva a trovare la sorella per cercare di convincerla a tornare dai genitori. Negli ultimi anni Hirai aveva trovato quelle visite così fastidiose che ogni volta s'inventava un buon motivo per non incontrarla. Kumi, però, non si era data per vinta e passava da Tokyo almeno una volta al mese. Tre giorni prima, Kumi era andata al caffè sperando di trovare la sorella. L'incidente era avvenuto al ritorno, sulla strada verso casa.

L'autista di un camion doveva essersi appisolato e aveva centrato in pieno l'utilitaria su cui viaggiava Kumi. La ragazza era stata portata in ospedale in ambulanza, ma non era sopravvissuta al tragitto.

«Che notizia tremenda», sospirò Kōtake, mettendo da parte il caffè.

Il filo di vapore che saliva dalla tazza si era dissolto. Nagare rimase fermo lì a braccia conserte, guardandosi i piedi senza aprire bocca.

Hirai gli aveva spedito un'email. Avrebbe contattato anche Kei, ma Kei non aveva il telefono. Nell'email Hirai raccontava l'incidente nel dettaglio e avvertiva che il suo bar sarebbe rimasto chiuso per un po'. L'email era scritta in tono asciutto, quasi fosse successo a qualcun altro. Kei aveva usato il cellulare di Nagare per chiederle come stava, ma non aveva ottenuto risposta. La locanda di famiglia si trovava nei dintorni di Sendai e si chiamava Takakura, cioè «Il tesoro».

Sendai è una nota meta turistica che ospita il bellissimo Festival di Tanabata, famoso per il *sasakazari*, una torre di bambù alta dieci metri a cui sono appese cinque enormi sfere di carta gialle con dei festoni colorati. I turisti vanno a caccia delle altre decorazioni del festival – foglietti colorati, kimoni di carta e origami a forma di gru – per usarle come amuleti per gli affari e *charms* portafortuna. Il festival si tiene dal 6 all'8 agosto, perciò nel giro di pochi giorni sarebbero cominciati i preparativi. Visto che il festival attirava in città all'incirca due milioni di turisti, quello era il periodo di maggiore attività per il Takakura, situato a una decina di minuti di taxi dalla stazione di Sendai.

Din-don

«Buongiorno, benvenuto!» urlò Nagare in tono gioviale, risollevando l'atmosfera lugubre in cui era sprofondato il caffè.

Sentendo il campanello, Kōtake colse l'occasione per mettersi comoda e riprese la sua tazza.

«Buongiorno, benvenuto», ripeté Kei, uscendo dal retro con il grembiule addosso. Ma non si vedeva ancora nessuno.

Il nuovo arrivato stava impiegando più del dovuto a entrare nel caffè, ma appena Nagare piegò la testa incuriosito, si sentì una voce familiare.

«Nagare! Kei! Chi c'è lì? Mi serve del sale! Portatemi del sale!»

«Hirai, sei tu?»

Nessuno si aspettava che tornasse così presto, anche se ormai i funerali della sorella erano stati celebrati. Kei guardò Nagare, gli occhi sgranati per la sorpresa. Nagare non si muoveva, visibilmente sconcertato. Avendo appena comunicato a Kōtake la terribile notizia di Kumi, sentire il solito tono vivace di Hirai doveva averlo disorientato.

Magari il sale serviva a Hirai per celebrare una purifica-

108

zione spirituale, ma sembrava piuttosto l'urlo di uno che è in cucina e si sta dannando per preparare la cena.

«Vi muovete?» Stavolta nel suo tono c'era una nota bassa e sensuale.

«Okay, solo un secondo!»

Finalmente Nagare si decise a reagire. Afferrò una piccola saliera dalla cucina e corse verso l'entrata. Kōtake si immaginò Hirai sulla soglia del caffè, vestita con i suoi soliti abiti sgargianti. No, il comportamento di Hirai non era del tutto normale. "Le è appena morta la sorella, se ne rende conto?" pensò Kōtake. Scambiò un'occhiata con Kei, e anche lei sembrava pensarla allo stesso modo.

«Sono sfinita», sospirò Hirai trascinando i piedi.

La sua andatura era quella di sempre, ma l'abbigliamento sembrava un po' diverso. Anziché indossare i suoi soliti abiti vistosi, tutti rossi o rosa, era a lutto. Anziché avere la testa piena di bigodini, i suoi capelli erano legati in uno chignon stretto. Pareva un'altra, su questo non c'erano dubbi. Vestita tutta di nero, si lasciò cadere su una sedia al centro del locale e alzò il braccio destro.

«Scusate il disturbo... potrei avere un bicchiere d'acqua per favore?» chiese a Kei.

«Ma certo.» Con una fretta quasi eccessiva, Kei corse in cucina a cercare dell'acqua.

«Fiuuu!» esclamò Hirai.

Allungò braccia e gambe quasi a stella, e la borsa nera le scivolò giù dal braccio destro. Nagare, ancora con la saliera in mano, e Kōtake, seduta al bancone, la fissarono come se si stesse comportando in maniera bizzarra. Kei tornò con l'acqua.

«Grazie.» Hirai appoggiò la borsa sul tavolo, prese il bicchiere e lo bevve d'un sorso, poi emise un sospiro prolungato. Kei la guardava stupita.

«Un altro, per favore», chiese, porgendo il bicchiere a Kei. Kei lo prese e scomparve di nuovo in cucina. Asciugandosi il sudore con il gomito, Hirai emise un altro sospiro. Nagare era ancora fermo lì a guardarla.

«Hirai?» disse.

«Cosa?»

«Come faccio a...?»

«A fare... cosa?»

«Come devo dire? Che...»

«Che cosa?»

«Che mi dispiace per la tua perdita...»

Lo strano comportamento di Hirai, così insolito per una persona a lutto, aveva fatto scordare a Nagare la formula corretta che si usava in quei casi. Anche Kōtake aveva perso la parola e teneva la testa bassa.

«Intendi Kumi?»

«Ma sì, certo...»

«Be', in effetti non ce l'aspettavamo. Una vera sfortuna, direi», brontolò Hirai con un'alzata di spalle.

Kei tornò con un altro bicchiere d'acqua. Preoccupata per l'atteggiamento di Hirai, glielo porse con la testa china, quasi a rivelare il suo disagio.

«Scusa, grazie mille.» Hirai si scolò d'un fiato anche il secondo bicchiere d'acqua. «Dicono che è stata centrata nel punto sbagliato... una vera sfortuna», ripeté.

Sembrava che parlasse di un perfetto estraneo. Sporgendosi in avanti, Kōtake corrugò la fronte.

«È stato oggi?»

«Cosa, oggi?»

«Il funerale, cos'altro?» ribatté Kōtake, tradendo il suo fastidio per la reazione di Hirai.

«Esatto, guarda qua!» esclamò Hirai alzandosi in piedi e facendo una piroetta per mostrare il suo look. «Mi dona, non trovate? Secondo voi mi dà un'aria un po' sottotono?» Hirai fece una posa da modella con l'espressione fiera e imbronciata.

Sua sorella era morta. A meno che non avessero capito tutti male, la sua irriverenza sembrava un filo eccessiva.

Sempre più irritata dall'indifferenza di Hirai, Kōtake divenne tagliente. «Perché diavolo sei tornata così presto...?» le chiese, mordendosi la lingua per non dire: "È un po' irrispettoso nei confronti di tua sorella morta, non trovi?".

Hirai smise di fare la buffona e tornò a sedersi con aria svogliata.

«Oh, non è come sembra. Ho anche il bar a cui badare...» rispose con le mani alzate, sapendo bene a cosa si riferiva Kōtake.

«In ogni caso...»

«Ti prego, lascia stare.»

Prese la sua borsa nera e tirò fuori una sigaretta.

«Quindi va tutto bene?» le chiese Nagare, giocherellando con la saliera.

«Tutto cosa?» Hirai non voleva saperne di aprirsi. Con la sigaretta in bocca, si era rimessa a frugare dentro la borsa nera. Cercava l'accendino, che evidentemente faceva fatica a trovare.

Nagare prese un accendino dalla tasca e glielo porse. «Ma i tuoi saranno disperati per la morte di tua sorella, no? Non saresti dovuta rimanere insieme a loro un altro po'?»

Hirai prese l'accendino e si accese la sigaretta. «Be', certo... In condizioni normali avrei dovuto.»

Facendo brillare la sigaretta, Hirai aspirò e generò una colonnina di cenere che versò nel posacenere. Il fumo salì e scomparve, mentre Hirai lo seguiva con lo sguardo.

«Ma io non sapevo dove stare», proseguì senza fare una piega.

Sulle prime Nagare e Kōtake non capirono il significato delle sue parole e la guardarono sconcertati.

Hirai se ne accorse. «Non avevo un posto in cui stare», spiegò, aspirando un'altra boccata.

«Cosa intendi?» chiese Kei con aria preoccupata.

Hirai le rispose come se parlasse del più e del meno. «L'incidente le è capitato tornando a casa dopo essere venuta a trovarmi, giusto? Perciò i miei danno tutta la colpa a me.»

«Come fanno a pensare una cosa simile?» le chiese Kei restando a bocca aperta.

Hirai soffiò uno sbuffo di fumo nell'aria. «Be', lo fanno... E in un certo senso è anche vero», biascicò con freddezza. «Non faceva altro che venire a Tokyo, ancora e ancora... E ogni volta io la mandavo via.»

L'ultima volta Kei aveva aiutato Hirai a evitare Kumi, facendola nascondere dietro il bancone, e adesso teneva lo sguardo chino per il rimorso. Hirai proseguì, senza badare a Kei.

«I miei non mi hanno voluto parlare.» Il sorriso di Hirai si spense all'improvviso. «Neanche una parola.»

*

Ad avvertire Hirai della morte di Kumi era stata la *maître* storica della locanda dei suoi. Erano anni che non le arrivava una telefonata da quel numero, ma due giorni prima, al mattino presto, si era materializzato all'improvviso sul display del suo telefono. Hirai aveva risposto con il cuore in gola e l'unica cosa che era riuscita a dire alla cameriera in lacrime all'altro apparecchio era stata: «Ho capito», poi aveva riattaccato. Quindi aveva preso la borsa ed era tornata a casa dei suoi in taxi.

L'autista le aveva raccontato di essere un ex comico e le aveva offerto un assaggio non richiesto della sua arte. Le sue storielle si erano rivelate molto divertenti e lei si era piegata in due dal ridere sul sedile posteriore dell'auto. Aveva riso di gusto, con le lacrime agli occhi. Alla fine il taxi si era fermato di fronte alla locanda Takakura, la casa dov'era nata Hirai.

Erano cinque ore di viaggio e il conto superava i centocinquantamila yen, ma siccome pagava in contanti l'autista fece cifra tonda e filò via tutto contento.

Scesa dal taxi, Hirai si accorse di essersi lasciata le ciabatte ai piedi e i bigodini in testa. Indossava una semplice canottierina e il sole caldo del mattino la investì in pieno. Quando le prime grosse gocce di sudore cominciarono a scivolarle addosso, si pentì di non aver preso con sé un fazzoletto. Si avviò verso casa lungo il vialetto di ghiaia sul retro della locanda. La casa di famiglia era costruita in stile giapponese e non era cambiata di una virgola dal giorno della sua costruzione, esattamente come tutto il resto.

Oltrepassò il cancello e arrivò all'entrata principale. Erano trascorsi tredici anni dall'ultima volta che era stata lì, ma era ancora tutto identico. Per lei era un posto dove il tempo non passava. Provò ad aprire la porta scorrevole. Il pannello scivolò e lei fece un passo avanti. L'interno era di cemento e l'aria fresca le mise un brivido lungo la schiena. Percorse il corridoio fino alla sala. La stanza era al buio, senza segni di vita. Abbastanza normale. Le stanze nelle vecchie case giapponesi erano quasi sempre in penombra, ma Hirai trovò tutto quel buio piuttosto opprimente. Nel corridoio si sentiva solo lo scalpiccio dei suoi passi. L'altare di famiglia si trovava in una stanza in fondo al corridoio.

Quando sbirciò dentro la sala dell'altare, vide che la porta della veranda era aperta e riconobbe la schiena stretta e un po' curva di suo padre Yasuo. Stava seduto sulla soglia, gli occhi fissi sul giardino verdeggiante.

Kumi giaceva lì, immobile. Indossava un abito bianco e sul suo corpo era posato il kimono rosa, destinato alla proprietaria della locanda. Yasuo doveva essersi appena allontanato dal suo fianco perché stringeva ancora in mano il panno bianco che normalmente copriva la faccia del defunto. Sua madre, Michiko, non c'era.

Hirai si sedette e osservò il volto di Kumi, così pacifico da sembrare addormentato. Sfiorandola appena, Hirai sussurrò: «Per fortuna». Se fosse rimasta sfregiata nell'incidente, il suo corpo sarebbe stato deposto nella bara e avvolto come una mummia. Ecco cosa pensava fissando i lineamenti graziosi della sorella; era un dubbio che la tormentava da quando le avevano detto che Kumi aveva avuto un frontale con un camion. Il padre, Yasuo, non distoglieva lo sguardo dal giardino.

«Padre...» disse Hirai con voce incerta.

Sarebbe stata la loro prima conversazione da quando se n'era andata di casa tredici anni prima.

Ma Yasuo rimase seduto dov'era, di spalle, un sospiro per tutta risposta. Hirai tornò a guardare Kumi in faccia, poi si alzò lentamente e senza dire una parola lasciò la stanza.

Si diresse a Sendai, dove fervevano i preparativi per il Festival di Tanabata. Ancora con i bigodini in testa, si aggirò per la città fino a sera, con le ciabatte e la canottiera. Si comprò qualcosa da indossare al funerale e prese una camera in un hotel.

Il giorno dopo, al funerale, vide la madre Michiko cercare di farsi coraggio al fianco del padre, che invece era scoppiato in lacrime. Anziché sedersi nelle file riservate alla famiglia, Hirai aveva preferito accomodarsi in un posto qualsiasi. Lei e la madre si erano scambiate giusto uno sguardo, ma non avevano aperto bocca. Il funerale filò liscio, Hirai offrì l'incenso, ma poi se ne andò senza parlare con nessuno.

*

La colonnina di cenere si allungò sulla sigaretta di Hirai, poi cadde senza far rumore. Lei la seguì con lo sguardo. «Già, tutto qui», disse, spegnendo il mozzicone.

Nagare teneva la testa china, mentre Kōtake sedeva immobile con la tazza in mano.

Kei guardava Hirai negli occhi, preoccupata.

Hirai fissò tutti e tre e sospirò. «Non sono fatta per queste cose», disse esasperata.

«Hirai...» azzardò Kei, ma Hirai agitò una mano per farla tacere.

«Perciò basta con queste facce tristi e smettetela di chiedermi se sto bene», pregò.

Si vedeva benissimo che Kei voleva dirle qualcosa, perciò Hirai proseguì.

«Potrà non sembrare, però sono davvero sconvolta. Ma adesso basta, ragazzi, devo fare del mio meglio per superare questa brutta storia, giusto?»

Parlava come se dovesse rassicurare un bambino in lacrime. Lei era fatta così, imperscrutabile fino alla fine. Se Kei fosse stata al suo posto, avrebbe pianto per giorni e giorni. Se ci fosse stata Kōtake, avrebbe osservato il periodo di lutto, pianto per la defunta e agito nella maniera più appropriata. Ma Hirai non era né Kei né Kōtake.

«Io la piango a modo mio, ognuno è diverso», concluse alzandosi e prendendo la borsa. «Perciò le cose stanno così», aggiunse dirigendosi verso la porta.

«Allora perché sei venuta al caffè?» biascicò Nagare, quasi tra sé e sé. «Perché venire qui anziché andare subito nel tuo bar?» le chiese brusco, dandole le spalle. Hirai rimase ferma lì in silenzio per un po'.

«Beccata», sospirò, girandosi per tornare al suo posto.

Nagare non la guardò e rimase a fissare la saliera che teneva in mano.

Lei tornò a sedersi dov'era prima.

«Hirai», le disse Kei avvicinandosi con una lettera in mano. «Ce l'ho ancora.»

«Non l'hai buttata via?» La riconobbe all'istante, non poteva che essere la lettera che Kumi aveva scritto e lasciato al caffè tre giorni prima. Hirai aveva pregato Kei di buttarla senza neanche degnarsi di darci un'occhiata.

La prese con mano tremante: l'ultima lettera scritta da Kumi in vita sua.

«Non avrei mai immaginato di dartela in circostanze simili», le sussurrò Kei a capo chino, quasi a scusarsi.

«No, certo che no... grazie», rispose Hirai estraendo un foglio piegato in due dalla busta aperta.

Il contenuto non la stupì, era sempre lo stesso. E sebbene la lettera fosse piena delle solite vecchie frasi irritanti, le sfuggì una lacrima dagli occhi.

«Non l'ho voluta nemmeno vedere, e adesso è successo questo», sospirò. «Lei invece non si è mai arresa con me, è venuta a Tokyo mille volte per incontrarmi.»

La prima volta che Kumi era andata a Tokyo per vedere la sorella, Hirai aveva ventiquattro anni e Kumi diciotto. Ma a quei tempi Kumi era ancora la *dolce sorellina* che voleva andarla a trovare ogni tanto all'oscuro dei genitori. Frequentava il liceo e nei giorni di vacanza dava una mano nella locanda. Quando Hirai se n'era andata, le aspettative dei genitori si erano trasferite all'istante su Kumi, e senza attendere che diventasse grande l'avevano già designata come la futura proprietaria, il nuovo volto della vecchia locanda.

115

I tentativi di Kumi di persuadere Hirai a tornare in famiglia erano cominciati allora. Nonostante i mille impegni, Kumi riusciva a trovare il tempo di andare a Tokyo almeno una volta al mese. All'inizio, quando Hirai la vedeva ancora come la sua dolce sorellina, era felice di incontrarla e stava a sentire cos'aveva da dirle. Ma a poco a poco le richieste di Kumi si erano trasformate in una specie di fastidiosa imposizione, e nell'ultimo anno, anzi negli ultimi due a dirla tutta, Hirai aveva fatto il possibile per evitarla.

L'ultima volta si era addirittura nascosta in quello stesso caffè e si era rifiutata di leggere la lettera che le aveva scritto Kumi. Richiuse nella busta il foglio salvato da Kei.

«Conosco la regola. Il presente non cambia, qualunque cosa si faccia. Lo capisco alla perfezione. Riportami a quel giorno.»

«...»

«Ti supplico!» Hirai così seria non si era mai vista. Kei chinò la testa.

Nagare strinse gli occhi. Ovviamente sapeva bene a quale data si riferisse Hirai: tre giorni prima, quando Kumi era entrata nel caffè per cercare la sorella. Hirai stava chiedendo di tornare indietro e incontrarla. Kei e Kōtake attesero la risposta di Nagare con il fiato sospeso. Il locale sprofondò in un silenzio irreale. Solo la donna in abito bianco continuava a comportarsi come se nulla fosse, senza scollare gli occhi dal suo romanzo.

Sbam!

Il rumore della saliera sbattuta da Nagare sul bancone rimbombò tra le pareti.

Poi, senza dire una parola, lui scomparve sul retro.

Hirai alzò la testa e trasse un respiro profondo.

Dal retro, Nagare chiamò Kazu con un filo di voce.

«Ma Hirai...»

«Sì, lo so.»

Hirai interruppe Kōtake per non dover sentire cos'aveva da dirle e andò dritto dalla donna in abito bianco. «Ehm... come dicevo agli altri poco fa... Potrei sedermi un attimo qui, per favore?»

«Hi-Hirai!» le intimò disperata Kei.

«Potrebbe farmi questo favore? La prego!» Ignorando Kei, Hirai giunse le mani come se pregasse una divinità. Era piuttosto ridicola in quella posa, ma sembrava davvero seria.

Però la donna in abito bianco non fece una piega, e questo irritò visibilmente Hirai.

«Ehi! Mi sente? Non mi ignori. Mi può far sedere?» disse appoggiandole una mano sulla spalla.

«No, Hirai, ferma! Non farlo!»

«Per favore!» Hirai non l'ascoltava e cercò di sedersi tirando la donna per un braccio.

«Hirai, ferma!» urlò ancora Kei.

Ma in quel momento la donna in abito bianco sgranò gli occhi e fissò Hirai, che si sentì immediatamente pesante. Era come se la forza di gravità si fosse moltiplicata. La luce del caffè parve ridursi alla fiamma di una candela al vento, e un inquietante lamento spettrale prese a riverberare nel locale, proveniente da chissà dove. Incapace di muovere un muscolo, Hirai cadde in ginocchio.

«Ma che acci... che succede?»

«Be', potevi darmi retta!» sospirò in tono melodrammatico Kei.

Hirai conosceva bene le regole, ma non aveva mai sentito parlare della maledizione. Tutto quello che sapeva erano le spiegazioni date ai clienti che chiedevano di tornare nel passato, ma di solito la gente si lasciava scoraggiare dalle regole troppo complicate e rinunciava all'idea.

«È un diavolo... una strega!» urlò.

«No, è solo un fantasma», la corresse Kei con freddezza. Schiacciata contro il pavimento, Hirai lanciava insulti alla donna in abito bianco, ma era tutto inutile.

«Oh!...» esclamò Kazu uscendo dalla stanza sul retro. Le bastò un'occhiata per capire la situazione. Tornò in cucina e ricomparve con una caraffa piena di caffè.

«Vuole dell'altro caffè?» chiese alla donna in abito bianco.

«Sì, grazie», rispose la donna, e Hirai si ritrovò libera. Chissà perché, Kazu era l'unica in grado di rimuovere la maledizione: quando ci avevano provato Kei e Nagare, non era successo niente. Nel frattempo, Hirai era tornata alla normalità ma continuava ad ansimare, molto provata dall'esperienza.

«Kazu, tesoro, ti prego, dille qualcosa», le chiese. «Falla spostare!» piagnucolò.

«Certo, capisco cosa provi, Hirai.»

«E puoi fare qualcosa?»

Kazu guardò la caraffa che teneva in mano, fermandosi a riflettere.

«Non so se può funzionare...»

Hirai era così disperata da voler tentare l'impossibile.

«Qualsiasi cosa! Ti prego, fallo per me!» la supplicò, giungendo le mani in preghiera.

«Va bene, ci proviamo.» Kazu andò dalla donna in abito bianco. Con l'aiuto di Kei, Hirai si rialzò in piedi e rimase a osservare la scena.

«Vuole dell'altro caffè?» tornò a chiederle Kazu, benché la tazza fosse ancora piena fino all'orlo.

Hirai e Kōtake inclinarono la testa, senza capire.

Ma la donna in abito bianco rispose: «Sì, grazie», e si scolò la tazza che le aveva appena versato. Allora Kazu riempì di nuovo la tazza vuota e la donna riprese a leggere il suo romanzo, come se niente fosse.

Poi, subito dopo...

«Vuole dell'altro caffè?» le chiese ancora Kazu.

La donna in abito bianco non aveva ancora toccato la tazza appena riempita, ma rispose comunque: «Sì, grazie» e buttò giù d'un colpo tutto il caffè.

«Be', chi l'avrebbe mai detto...» osservò Kōtake, cominciando a capire le intenzioni di Kazu.

Nel frattempo, Kazu proseguiva con il suo piano stravagante. Ogni volta che riempiva la tazza, tornava a chiederle: «Vuole dell'altro caffè?» e ogni volta la donna in abito bianco rispondeva: «Sì, grazie» e se lo beveva fino all'ultima goccia. Ma dopo un po' la donna cominciò a sembrare leggermente a disagio.

Anziché bere il caffè tutto d'un fiato, lo finiva a piccoli

sorsi. Grazie a questo stratagemma, Kazu riuscì a farle tran-
gugiare sette tazze di caffè.

«Sembra così in difficoltà... Ma perché non dice di no e
basta?» commentò Kōtake, simpatizzando con la donna in
abito bianco.

«Non può dire di no», le sussurrò all'orecchio Kei.

«E perché?»

«Perché a quanto pare questa è la regola.»

«Accipicchia!» esclamò Kōtake, sorpresa dal fatto che
non fossero solo i viaggiatori nel tempo a dover sottostare a
un'irritante sfilza di regole. Tornò a guardare, ansiosa di sapere come sarebbe finita. Kazu versò l'ottavo caffè, riempiendo la tazza quasi oltre il bordo. La donna in abito bianco la guardò male, ma Kazu non fece una piega.

«Vuole dell'altro caffè?»

Quando Kazu le offrì la nona tazza di caffè, la donna in
abito bianco si alzò di scatto dalla sedia.

«Si è alzata!» urlò tutta eccitata Kōtake.

«Il bagno», borbottò la donna in abito bianco, guardando Kazu negli occhi prima di correre alla toilette.

Non era stato facile, ma finalmente *quella* sedia era libera.

«Grazie», disse Hirai lanciandosi sulla sedia con un'agitazione che pareva contagiare l'intero locale. Trasse un respiro profondo, espirò lentamente e si strinse tra il tavolo e
la sedia, chiudendo dolcemente gli occhi.

*

Sin da quando era piccola, Kumi era sempre stata una
sorellina minore che seguiva ovunque la sorella maggiore
chiamandola di continuo *sorellona*.

L'antica locanda era sempre strapiena di ospiti, a pre-
scindere dalla stagione, e i genitori erano gli unici proprietari. La madre Michiko era tornata al lavoro poco dopo la
sua nascita, e spesso si prendeva cura di lei la sorella di sei
anni più grande, Hirai. Quando Hirai aveva cominciato le
elementari, si portava dietro Kumi, in spalla. Era una scuola

rurale, la loro, e gli insegnanti erano molto comprensivi. Se per caso la piccola si metteva a piangere in classe, Hirai la portava fuori e la coccolava. A scuola Hirai era un'affidabile sorella maggiore che si prendeva cura della sorellina.

I genitori nutrivano grandi speranze nei confronti di Hirai, che era naturalmente socievole e simpatica. Pensavano che sarebbe diventata un'ottima padrona della locanda. Ma avevano sottovalutato la complessità del suo carattere. Nello specifico, Hirai era uno spirito libero e voleva fare le cose senza doversi preoccupare del giudizio degli altri. Ecco perché non aveva avuto problemi a portarsi Kumi in spalla a scuola. Non aveva inibizioni, voleva fare le cose a modo suo. La sua indole li aveva alleggeriti da qualsiasi preoccupazione, ma era stata proprio questa stessa libertà di spirito che alla fine l'aveva portata a rifiutare l'incarico di gestire la locanda.

Lei non odiava i genitori, né loro odiavano lei. Lei viveva solo per essere libera. A diciotto anni, quando era andata via di casa, Kumi ne aveva dodici. La rabbia dei suoi era stata pari alle loro aspettative, e perciò l'avevano ripudiata. Se i genitori erano rimasti sconvolti dalla sua partenza, anche Kumi non l'aveva presa bene.

Ma Kumi forse se l'aspettava, perché il giorno dell'addio non aveva versato una lacrima e, vedendo la lettera che Hirai le aveva lasciato, si era limitata a borbottare: «Che egoista».

*

Kazu era in piedi accanto a Hirai e reggeva un vassoio d'argento con sopra una tazza da caffè bianca e una caffettiera d'argento. Aveva un'espressione calma ed elegante in viso.

«Conosci le regole?»

«Conosco le regole.»

Kumi era stata nella caffetteria, e per quanto non si potesse impedire la sua morte in quell'incidente, adesso Hirai era seduta sulla sedia giusta. Se avesse potuto rivedere Kumi un'ultima volta, anche per poco tempo, ne sarebbe comunque valsa la pena.

Hirai annuì con foga e si preparò, ma Kazu proseguì: «Chi torna nel passato per incontrare una persona cara che adesso non c'è più si lascia spesso sopraffare dall'emozione e non riesce a dirle addio. Perciò voglio darti questo...». Kazu mise nella tazza di Hirai un bastoncino lungo dieci centimetri, tipo quelli che si usano nei cocktail. Sembrava una specie di cucchiaio.

«E questo cos'è?»

«Comincia a suonare poco prima che il caffè si raffreddi. Perciò quando suona l'allarme...»

«Perfetto, lo so. Ho capito, tranquilla.»

La vaghezza della scadenza («prima che il caffè si raffreddi») preoccupava Hirai. Anche se *lei* pensava che il caffè fosse freddo, magari restava ancora un po' di tempo. Oppure il contrario: se lei pensava che il caffè fosse ancora caldo poteva commettere l'errore di rimanere troppo a lungo e non tornare mai più indietro. Un allarme rendeva le cose molto più semplici, e la cosa calmò le sue ansie.

Tutto quello che voleva fare era scusarsi. Kumi si era presa la briga di venirla a trovare mille volte, ma Hirai l'aveva vissuto solo come un gran fastidio.

A parte il fatto di averla trattata male, c'era la questione che Kumi era anche stata costretta a ereditare il Takakura.

Quando Hirai se n'era andata di casa ed era stata ripudiata, l'erede universale era automaticamente diventata Kumi, e lei era troppo docile per tradire le aspettative dei genitori come aveva fatto Hirai.

Ma se questo l'avesse costretta a rinunciare a un sogno?

Se avesse avuto un sogno mandato in frantumi dall'egoismo di Hirai, si sarebbe spiegata la sua insistenza: se la sorella fosse tornata a casa, lei avrebbe riconquistato la libertà di perseguire le sue ambizioni.

Se Hirai aveva trovato la sua libertà a spese di Kumi, non c'era da stupirsi che lei le portasse rancore. E adesso Hirai non riusciva a perdonarselo.

Ecco perché ci teneva così tanto a scusarsi. Anche se non

c'era modo di cambiare il presente, poteva sempre dirle: "Scusami, ti prego, perdona la tua sorellona per il suo egoismo".

Hirai guardò Kazu negli occhi e annuì con decisione.

Kazu posò la tazza di fronte a Hirai. Prese la caffettiera d'argento dal vassoio con la mano destra e guardò Hirai con aria severa. Questo prevedeva la cerimonia. La cerimonia non cambiava in base a chi era seduto su *quella* sedia. L'espressione di Kazu ne faceva parte.

«L'importante...» Kazu fece una pausa e poi sussurrò: «È bere il caffè finché è caldo...».

Cominciò a versare lentamente il caffè, che uscì silenzioso dal beccuccio stretto della caffettiera d'argento, come un unico filo nero. Hirai guardò la superficie del liquido mentre il livello cresceva. Più tempo il caffè impiegava a riempire la tazza, più lei diventava impaziente. Avrebbe voluto tornare indietro e incontrare la sua sorellina in quel preciso istante. Voleva rivederla, voleva scusarsi. Ma il caffè iniziava a raffreddarsi non appena veniva versato, e il tempo a sua disposizione era davvero poco.

Il vapore cangiante prese a salire dalla tazza. Mentre lo guardava, Hirai si sentì sopraffatta da un moto vorticante. Il suo corpo rimase risucchiato dal vapore e le parve di sollevarsi da terra. Per quanto fosse la prima volta che provava un'esperienza simile, non si spaventò. Sentendo calmarsi l'impazienza, chiuse dolcemente gli occhi.

*

Erano passati sette anni dalla prima volta che Hirai era entrata in quella caffetteria. Allora aveva ventiquattro anni e gestiva il suo bar da tre mesi. Una domenica di fine autunno stava vagando senza meta nei dintorni ed era entrata per caso nel caffè a dare un'occhiata. L'unica cliente, a parte lei, era una donna in abito bianco. In quella stagione la gente cominciava a tirar fuori le sciarpe, e invece quella donna indossava le maniche corte. Hirai si accomodò al bancone, pensando che di sicuro quella poveretta doveva sentire un gran freddo, anche se era al chiuso.

Si guardò attorno, ma non si vedevano camerieri. Quando era suonato il campanello della porta al suo ingresso, non aveva sentito nessuno accoglierla con il solito *buongiorno*, come si sarebbe aspettata. Le parve che non badassero molto ai clienti, ma questo non la disturbò: i posti che non seguivano le regole la incuriosivano sempre. Così decise di aspettare che si presentasse qualcuno a servirla. Forse non avevano sentito il campanello? Chissà se succedeva spesso, si chiese. In più, la donna in abito bianco non aveva alzato gli occhi dal suo libro, quasi non l'avesse neppure notata. Hirai ebbe il sospetto di essere entrata per errore in un giorno di chiusura. Dopo circa cinque minuti, il campanello suonò ancora ed entrò una ragazza che pareva una liceale. Come se niente fosse, senza sentirsi in colpa, disse: «Buongiorno, benvenuta», e sparì sul retro. Hirai ne fu entusiasta: aveva trovato un caffè dove il cliente non aveva sempre ragione, e questo era un segno di libertà. Non c'era modo di sapere quando l'avrebbero servita. Le piaceva quel genere di locale, era un bel cambiamento rispetto ai posti in cui trattavano sempre nel solito vecchio, prevedibile modo. Si accese una sigaretta e rimase ad aspettare senza fretta.

Dopo qualche minuto, dal retro comparve una donna. Hirai stava fumando la sua seconda sigaretta. La donna indossava un cardigan beige e una gonna bianca lunga con un grembiule color vinaccia. Aveva due grandi occhi rotondi.

La liceale doveva averla avvertita che c'era una cliente, ma lei si presentò come se niente fosse.

La donna con i grandi occhi rotondi non pareva avere nessuna fretta. Versò dell'acqua in un bicchiere e lo appoggiò di fronte a Hirai. «Buongiorno, benvenuta», disse, sorridendole come se fosse tutto normale. Un cliente che si fosse aspettato un trattamento di riguardo avrebbe potuto pretendere delle scuse per la lentezza del servizio, ma Hirai non desiderava e non si aspettava niente del genere. La donna non sembrava sentirsi in colpa, e anzi le sorrideva con aria gentile. Hirai non aveva mai conosciuto una donna così disinvolta, che faceva le cose secondo i suoi tempi, esattamente come lei. Le piacque all'istante. *Trattali male e li avrai ai tuoi piedi*: era questo il motto di Hirai.

Da quel momento in poi, non passò giorno senza che Hirai non facesse un salto al caffè. Nel corso di quell'inverno, scoprì che in quel locale si poteva *tornare nel passato*. Quando, stupita dall'abbigliamento estivo della donna vestita di bianco, chiese: «Ma non ha freddo secondo voi?» Kei le spiegò chi era in realtà quella donna e come si poteva viaggiare nel tempo sedendosi su *quella* sedia.

Per quanto le sembrasse del tutto impossibile, Hirai rispose: «Ma non mi dire!». Siccome Kei non pareva il tipo da sparlare tanto grosse, lì per lì preferì lasciar perdere. All'incirca sei mesi dopo, la leggenda metropolitana attorno al caffè si diffuse e la sua popolarità andò alle stelle.

Ma anche quando aveva saputo della possibilità di viaggiare nel tempo, Hirai non aveva mai pensato di farlo in prima persona. Viveva la vita nella corsia di sorpasso e non aveva rimpianti. E comunque – pensava – che senso poteva avere, se tanto il presente non sarebbe mai cambiato, qualsiasi cosa si provasse a fare?

Questo finché Kumi non era morta nell'incidente d'auto.

*

Nel bel mezzo del vortice, Hirai sentì chiamare il suo nome. Quando udì quella voce familiare, aprì gli occhi di botto. Guardando in direzione della voce, vide Kei in piedi, con un grembiule color vinaccia. I suoi grandi occhi rotondi erano sorpresi di vederla. Nel caffè c'era Fusagi, seduto al tavolo più vicino all'ingresso: esattamente la scena che ricordava Hirai. Era tornata a quel giorno, il giorno in cui Kumi era ancora viva.

Hirai si sentì battere forte il cuore. Doveva rilassarsi. Era tesa come una corda di violino e faticava a mantenere la compostezza, gli occhi gonfi e rossi e un nodo in gola. Non era così che voleva mostrarsi a Kumi, no di certo. Si mise una mano sul cuore, inspirò lentamente e cercò di calmarsi.

«Ciao...» salutò Kei.

Vedere una conoscente seduta su *quella* sedia lasciò Kei di stucco. Sconcertata e incuriosita insieme, le parlò come se fosse la prima volta che accoglieva un simile visitatore.

«Cosa... Sei venuta dal futuro?»

«Esatto.»

«Davvero? E perché mai?»

La Kei del passato non aveva idea di cosa fosse accaduto nel frattempo. Era una domanda diretta, posta con la più assoluta ingenuità.

«Sono venuta per incontrare mia sorella.» Hirai non era in condizione di mentire e strinse più forte la lettera che teneva in grembo.

«La stessa che viene in continuazione per convincerti a tornare a casa?»

«Sì, proprio lei.»

«Be', che cambiamento! Di solito non cerchi sempre di evitarla?»

«Forse, ma non oggi... Oggi sono qui apposta per incontrarla.»

Hirai fece del suo meglio per rispondere con un sorriso, ma i suoi occhi non sorridevano affatto. Non riusciva a farli brillare, anzi, non sapeva dove rivolgere lo sguardo. Kei non avrebbe impiegato molto a leggerle dentro, e Hirai sapeva che qualche sospetto doveva già averlo.

«È successo qualcosa di brutto?» le sussurrò Kei.

Per un momento, Hirai non seppe cosa dire, poi riuscì a rispondere, senza troppa convinzione: «Oh, niente di che».

L'acqua cade dall'alto al basso, è la forza di gravità. Anche le emozioni forse agiscono secondo la stessa legge. Di fronte a una persona con cui si ha un legame profondo e a cui si sono rivelati i propri sentimenti, è difficile mentire e lasciar perdere. La verità vuole uscire a tutti i costi, soprattutto quando si cerca di occultare la tristezza o la fragilità. È molto più facile nascondere la tristezza a un estraneo, o a qualcuno di cui non ci si fida. Hirai vedeva in Kei una confidente con cui condividere qualsiasi cosa. La forza di gravità emotiva era molto potente. Kei era in grado di accettare qualsiasi cosa – di perdonare qualsiasi cosa – Hirai avesse lasciato trapelare. Con una sola parola gentile, Kei avrebbe potuto allentare la corda di violino.

In quel momento, a Kei sarebbe bastato dire una sola parola gentile e la verità sarebbe zampillata fuori. Kei la fissava con aria preoccupata. Hirai lo sapeva bene, anche senza guardarla, ed era per questo che distoglieva disperatamente gli occhi.

Kei uscì da dietro il bancone, preoccupata dal fatto che Hirai non volesse ricambiare il suo sguardo. E in quel momento suonò il campanello della porta.

«Buongiorno, benvenuto!» esclamò Kei, fermandosi di botto, lo sguardo incerto rivolto all'entrata.

Ma Hirai era sicura che fosse Kumi. Le lancette dell'orologio al centro della parete segnavano le tre in punto, e Hirai sapeva che quello era l'unico a indicare l'ora giusta. Era l'ora in cui Kumi era entrata nel caffè tre giorni prima.

Quel giorno Hirai era stata costretta a nascondersi dietro il bancone: la disposizione del locale – nel seminterrato e con un solo ingresso – non lasciava altra scelta. L'unica via d'accesso erano le scale che portavano alla strada. Hirai passava sempre dopo pranzo, ordinava un caffè, scambiava quattro chiacchiere con Kei e poi tornava al lavoro. Quel giorno aveva deciso di riaprire il suo bar prima del solito: ricordava di aver guardato l'orologio al centro della parete per controllare l'ora, le tre in punto. "Un po' presto", si era detta, ma aveva deciso di mettersi alla prova preparando degli snack. Aveva pagato il suo caffè e stava per uscire, anzi aveva già la mano sulla maniglia, quando aveva sentito la voce di Kumi in cima alle scale.

Kumi scendeva i gradini parlando al cellulare. In preda al panico, Hirai era tornata sui suoi passi ed era corsa a nascondersi dietro il bancone. *Din-don*, aveva fatto il campanello. Hirai aveva intravisto Kumi entrare nel locale mentre si accovacciava. Ecco com'era andato il loro mancato incontro di tre giorni prima.

*

Adesso Hirai era seduta su *quella* sedia, in attesa che Kumi entrasse. Si rese conto che non sapeva quali abiti avrebbe indossato. Non la guardava bene da anni, a dire la verità, e non ricordava l'ultima volta che l'aveva fatto. Capì con quanta ostinazione avesse regolarmente evitato le visite della sorella e si sentì sopraffatta dal rimorso. Il dolore aumentò ricordando le tattiche meschine adottate per evitare di incontrarla.

Ma quello non era il momento di piangere. Non aveva mai pianto di fronte alla sorella. Se fosse scoppiata in lacrime, Kumi si sarebbe insospettita e avrebbe voluto sapere cos'era successo. Messa alle strette, Hirai sarebbe crollata, e pur sapendo che il presente non sarebbe cambiato, probabilmente le avrebbe detto: "Avrai un'incidente d'auto, prendi il treno per tornare a casa!". Oppure: "Non tornare a casa, oggi!". Ma sarebbe stata la cosa peggiore da dire. Avrebbe finito per fare l'uccello del malaugurio, mettendo in agitazione Kumi. Doveva evitarlo a tutti i costi, non voleva causarle ulteriori sofferenze. Si concesse un respiro profondo per cercare di mettere a tacere le sue emozioni scomposte.

«Sorellona?»

Sentendo quella voce, Hirai perse un battito. Era la voce di Kumi, una voce che pensava di non risentire mai più. Aprì lentamente gli occhi e vide la sorella che la guardava sulla soglia.

«Ehi, ciao...» Hirai sollevò la mano, la salutò e sorrise più che poté. Il nervosismo di poco prima si era dileguato, ma in grembo teneva ancora stretta la lettera. Kumi rimase a fissarla.

Hirai capiva alla perfezione la sua perplessità. Tutte le altre volte che si erano incontrate, Hirai non si era mai presa il disturbo di nascondere il suo fastidio, assumendo un'aria gelida per farle capire che non vedeva l'ora di andarsene. Invece stavolta era tutto diverso, stavolta la guardava sorridente. Di solito evitava qualsiasi contatto visivo, e invece adesso i suoi occhi erano solo per lei.

«Wow... che strano! Che ti prende oggi?»

«Cosa intendi?»

«Cioè... in questi anni non è mai stato così facile trovarti.»

«Lo pensi davvero?»

«Lo so!»

«Oh, Kumi, mi dispiace tanto», sospirò Hirai scuotendo la testa.

Kumi le si avvicinò a passo lento, come se questa nuova disposizione d'animo la mettesse più a suo agio.

«Ehm... posso ordinare? Per favore, vorrei un caffè, del pane tostato, un piatto di riso al curry e una coppa mista di gelato», chiese a Kei, in piedi dietro il bancone.

«Subito», disse Kei, lanciando un'occhiata a Hirai.

Ritrovando l'Hirai che conosceva, sembrò molto più tranquilla quando scomparve in cucina.

«Posso sedermi?» chiese esitante Kumi, prendendo la sedia di fronte a Hirai.

«Ma certo», le rispose Hirai con un sorriso.

Tutta contenta, Kumi ricambiò il sorriso e si sedette.

Per qualche istante nessuna delle due aprì bocca. Si guardarono e basta. Kumi sembrava irrequieta e non riusciva a rilassarsi, mentre Hirai continuava a fissarla, felice di poterla rivedere.

«Oggi è proprio strano...» borbottò Kumi, ricambiando il suo sguardo fisso.

«In che senso?»

«È come se non lo facessimo da secoli... stare qui sedute a guardarci...»

«Davvero?»

«Oh, andiamo! L'ultima volta che sono venuta, ero ferma davanti alla tua porta di casa e tu non mi hai fatto entrare. La volta prima sei scappata e ti ho dovuta rincorrere. La volta prima ancora, hai attraversato la strada per evitarmi, e quella prima...»

«Orribile, vero?» concordò Hirai.

Sapeva che Kumi poteva andare avanti all'infinito. Era ovvio come stavano le cose: quando faceva finta di non essere a casa con tutte le luci accese, quando fingeva di essere ubriaca e di non riconoscerla... Non leggeva mai le lettere di Kumi, si limitava a buttarle via. Persino l'ultima. Era una sorella maggiore davvero orribile.

«Be', tu sei fatta così.»

«Mi dispiace, Kumi, mi dispiace davvero», disse Hirai, tirando fuori la lingua per allentare la tensione.

Ma Kumi non poteva lasciar correre. «Allora, dimmi la verità: cos'è successo?» le chiese con aria angosciata.

«Eh? Cosa intendi?»

«Andiamo, ti stai comportando in maniera strana!»

«Davvero?»

«Ma è successo qualcosa?»

«No... niente di particolare», rispose Hirai, cercando di sembrare naturale.

Kumi aveva uno sguardo così preoccupato e a disagio che Hirai per un attimo si chiese se per caso non fosse lei quella destinata a vivere le sue ultime ore, come la protagonista di una soap che si redime all'improvviso di fronte alla morte. Sentì gli occhi gonfiarsi di lacrime per quella crudele ironia. No, non era lei a vivere le sue ultime ore di vita. Sopraffatta da un'ondata di emozione, non riusciva più a sostenere lo sguardo della sorella e abbassò gli occhi.

«Ecco qua...» Kei riapparve con il caffè appena in tempo.

Hirai si raddrizzò all'istante.

«Grazie», disse Kumi, chinando educatamente la testa.

«Di niente», rispose Kei appoggiando la tazza sul tavolo. Poi fece un piccolo inchino e tornò dietro il bancone.

Il filo della conversazione era stato interrotto e Hirai non sapeva più cosa dire. Da quando Kumi era entrata in caffetteria, Hirai avrebbe voluto abbracciarla stretta e urlarle: "Non morire!". Il semplice sforzo di non farlo la teneva occupata.

Con il prolungarsi del silenzio, Kumi divenne sempre più nervosa. Era irrequieta e continuava a guardare l'orologio da parete. Hirai intuiva i suoi pensieri da come si comportava.

Kumi stava scegliendo le parole con cura. Abbassando lo sguardo, ripeteva mentalmente quello che voleva dire. Ovviamente la richiesta in sé era semplice: "Ti prego, torna a casa". Ma esprimerla a parole era una sofferenza.

Era difficile perché ogni volta che ci aveva provato nel corso degli anni, Hirai si era sempre rifiutata categoricamente, e più si rifiutava, più diventava fredda e distaccata. Kumi non si era mai arresa, non importa quante volte la sorella si fosse rifiutata, ma non si era ancora abituata a ricevere una risposta negativa. Ogni volta che la sentiva, ci restava male e si rattristava.

Quando Hirai pensò a quanto fosse stata dura per Kumi, la tensione nel suo petto raggiunse il punto di rottura. Kumi aveva dovuto provare quei sentimenti davvero a lungo. Convinta com'era che Hirai le avrebbe risposto di no per l'ennesima volta, non sapeva come attaccare discorso. Ogni volta doveva ritrovare il coraggio, ma non si rassegnava mai. Sollevò la testa e la guardò fisso negli occhi, senza paura. Hirai non distolse lo sguardo e guardò negli occhi Kumi, che prese fiato e fu sul punto di aprire bocca.

«D'accordo, se vuoi torno a casa», rispose Hirai.

Tecnicamente, non si trattava di una risposta perché Kumi in realtà non le aveva ancora chiesto niente. Ma Hirai sapeva benissimo cosa le avrebbe chiesto e perciò rispondeva a quello che s'immaginava sarebbe stata la domanda: "Torni a casa?".

L'espressione di Kumi tradì la sua perplessità, come se non riuscisse a capire cos'avesse detto Hirai. «Scusa?»

Hirai ripeté a voce più alta: «D'accordo... se vuoi torno a casa, al Takakura».

Kumi pareva ancora incredula. «Sul serio?»

«Ma lo sai che non sarò di grande aiuto, vero?» precisò Hirai quasi in tono di scusa.

«Va bene, non c'è problema! Imparerai il mestiere. Papà e mamma saranno così contenti, vedrai, ne sono certa!»

«Davvero?»

«Sicuro!» ribatté Kumi chinando la testa. Un attimo dopo divenne tutta rossa e scoppiò in lacrime.

«Che ti prende?»

Stavolta toccava a Hirai mostrare sorpresa, anche se sapeva bene perché Kumi stava piangendo: se Hirai fosse tornata al Takakura, lei avrebbe potuto riacquistare la libertà. Tutta la fatica di quegli anni per convincerla aveva dato finalmente i suoi frutti, e non c'era da meravigliarsi che fosse felice. Ma Hirai non avrebbe mai immaginato che scoppiasse addirittura a piangere.

«È sempre stato il mio sogno», ammise Kumi, con gli occhi bassi, le lacrime che gocciolavano sul tavolo.

Il cuore di Hirai prese a galoppare. E così anche Kumi aveva i suoi sogni, e voleva fare qualcosa. Il suo egoismo l'aveva depredata di un sogno per cui valeva la pena piangere tanto.

Si vedeva che Kumi sapeva bene di cosa parlava.

«Quale sogno?» le chiese.

Con gli occhi gonfi, Kumi la guardò e trasse un respiro profondo. «Gestire la locanda insieme. Io e te», rispose, il sorriso stampato in faccia.

Non le aveva mai visto un sorriso così radioso sulle labbra.

Hirai ripensò ai commenti che aveva fatto con Kei quello stesso giorno, nel passato: "Ce l'ha con me". "Non voleva ereditare lei la locanda." "Io continuo a dirglielo che non voglio tornare, ma lei continua a chiedermelo ancora e ancora e ancora. Dire che sia stata insistente è poco." "Non ho voglia di vedere quello sguardo." "Glielo leggo in faccia. Per colpa mia, si trova a dover dirigere una locanda che non le interessa. Vuole che io torni a casa, così lei potrà essere libera." "Mi sta mettendo troppa pressione." "Buttala via!" "So già cosa dice... Da sola non ce la faccio. Ti prego, torna a casa. Il mestiere lo impari subito, vedrai."

Ecco cos'aveva detto Hirai, ma si sbagliava di grosso. Kumi non ce l'aveva affatto con lei. E non era neanche vero che non volesse ereditare la locanda. La ragione per cui Kumi non aveva mai smesso di insistere con Hirai era che il suo sogno era *quello*. Non era perché rivolesse indietro la sua libertà e nemmeno perché le rimproverasse qualcosa: il punto era che voleva dirigere la locanda insieme a Hirai. Quel sogno non era cambiato, e non era cambiata neppure la sorellina, che adesso le stava di fronte con le guance rigate da lacrime di gioia. La sua sorellina Kumi, che aveva sempre adorato con tutto il cuore la sua sorellona, che era venuta mille volte per convincerla a tornare in famiglia e non si era mai arresa. Mentre i suoi genitori l'avevano ripudiata, Kumi era convinta che prima o poi Hirai sarebbe tornata a casa. Com'era dolce, la sua sorellina, che la seguiva sempre dappertutto! «Sorellona, sorellona!» Hirai non avrebbe potuto amarla di più.

Ma la sorellina che lei amava tanto ormai era perduta.

Il rimorso montò fino a sopraffarla. "Non morire così, ti prego! Non devi morire!"

«Ku-Kumi», Hirai pronunciò il suo nome a voce bassa, come se le fosse sfuggito di bocca. Anche se era tutto inutile, voleva provare comunque a impedirle di morire. Ma forse Kumi non la sentì.

«Aspetta un attimo. Vado in bagno a rifarmi il trucco», disse Kumi alzandosi.

«Kumi!» urlò disperata Hirai.

Sentendosi chiamare a quel modo, Kumi si fermò di botto. «Che c'è?» le chiese con aria stupita.

«Ehm, niente, scusa.»

Ovviamente non era vero. "Non andare! Non morire! Mi dispiace! Ti prego, perdonami! Se non fossi venuta da me, non saresti morta!"

C'erano un mucchio di cose che avrebbe voluto dirle, e di cui avrebbe voluto scusarsi: aver lasciato la famiglia per egoismo, aver preteso che fosse Kumi a prendersi cura dei genitori, averle affidato il ruolo di erede. Non solo si era ben guardata dal pensare quanto fosse stata dura per la sua famiglia, ma non si era neppure mai chiesta come mai Kumi continuasse a venirla a trovare così spesso, con tutti gli impegni che aveva.

"Capisco solo adesso quanto devi aver sofferto ad avermi come sorella maggiore. Mi dispiace tanto!"

Ma nessuno dei suoi sentimenti poteva essere espresso a parole. Non aveva mai capito niente... Ma cos'avrebbe dovuto dire? E cosa voleva dire?

Kumi la guardava con affetto, aspettando che parlasse.

"Come fai a guardarmi con affetto dopo che ti ho trattata male per tanto tempo? Hai conservato intatto tutto l'affetto mentre continuavi ad aspettarmi così a lungo. Sperando sempre che prima o poi potessimo lavorare insieme alla locanda. Senza mai arrenderti. Invece io..."

Dopo un lungo silenzio e mille riflessioni, Hirai riuscì soltanto a balbettare: «Grazie».

Non sapeva se quell'unica parola potesse contenere tutti i suoi sentimenti o se riuscisse a trasmettere come si sentiva in quel momento. Ma in quella parola aveva messo tutta sé stessa.

Kumi la guardò perplessa, ma poi rispose con un gran sorriso: «Già, oggi sei proprio strana, credimi!».

«Sì, mi sa di sì», rispose Hirai, raccogliendo le ultime forze per tirar fuori il suo sorriso migliore. Visibilmente felice, Kumi scosse la testa e si girò per andare in bagno.

Hirai la seguì con lo sguardo, gli occhi gonfi di lacrime. Non riusciva più a trattenerle, eppure non batté ciglio. Tenne lo sguardo fisso sulla schiena di Kumi, guardandola finché non scomparve. Appena Kumi uscì dalla visuale, Hirai abbassò la testa e le lacrime caddero sul tavolo come gocce di pioggia. Sentiva il dolore crescerle dal profondo del cuore. Avrebbe voluto mettersi a strillare come una pazza, ma non poteva.

Kumi l'avrebbe sentita. Si coprì la bocca per impedirsi di urlare il nome della sorella, e scoppiò in un pianto silenzioso, tremando dalla testa ai piedi. Kei la chiamò dalla cucina, preoccupata per la sua reazione così strana.

«Tutto bene, Hirai?»

Bip bip bip bip bip...

Il suono improvviso proveniva dalla tazza: l'allarme l'avvertiva che il caffè si stava per raffreddare.

«Oh, no, la sveglia!»

Kei capì tutto al volo appena sentì quel suono: si usava solo quando si veniva a trovare un defunto.

"Mamma mia... la sua dolce sorellina..."

Mentre Kumi era ancora in bagno, Kei lanciò un'occhiata a Hirai. «Non può essere...» balbettò terrorizzata.

Hirai vide come la guardava Kei e si limitò ad annuire con aria triste.

Kei sembrava disperata. «Hirai!» chiamò ancora.

«Lo so», disse lei, afferrando la tazza. «Devo finire il caffè, giusto?»

Kei non disse nulla. Non riusciva a dire nulla.

Hirai prese la tazza. Inspirò ed espirò con un gemito, mentre il dolore le stillava dal cuore.

«Voglio solo rivederla in faccia un'ultima volta. Ma così non potrò più tornare.»

Hirai si portò la tazza alle labbra con mani tremanti. Doveva bere il caffè. Gli occhi le si gonfiarono ancora di lacrime, mentre un'ondata di pensieri le attraversò la mente. "Perché è successo? Perché doveva morire? Perché non le ho detto prima che sarei tornata a casa?"

La tazza si fermò a pochi millimetri dalle sue labbra e non si mosse più. Dopo un attimo: «Uh, non posso berlo!».

Posò la tazza, completamente esausta. Non aveva la minima idea di cosa volesse fare o del motivo per cui fosse tornata nel passato. Tutto quello che sapeva era che amava la sua sorellina, che per lei era un tesoro, e che ormai se n'era andata.

"Se bevo il caffè adesso, non rivedrò mai più mia sorella. Anche se alla fine l'ho fatta sorridere, sarà stata l'ultima volta." Eppure sapeva che non sarebbe mai riuscita a bere il caffè con Kumi di fronte.

«Hirai!»

«Non posso berlo!»

Kei vedeva quanto fosse disperata e si morse un labbro con aria severa.

«L'hai appena promesso...» disse con voce tremante. «L'hai appena promesso a tua sorella, giusto? Che tornerai alla locanda.»

Il sorriso felice di Kumi era marchiato a fuoco sulla sua retina.

«Hai detto che la gestirai con lei.»

Hirai s'immaginò Kumi viva, loro due che lavoravano felici insieme alla locanda.

Lo squillo di quella telefonata al mattino presto le risuonò in testa. «Ma lei è...»

L'immagine di Kumi sdraiata come se dormisse le rimbalzò davanti agli occhi. Kumi se n'era andata.

Cos'avrebbe fatto una volta tornata nel presente? Il suo cuore sembrava aver perso tutta la voglia di tornare. Anche Kei stava piangendo, ma Hirai non aveva mai sentito una simile determinazione nella sua voce. «Questo significa che devi tornare. Questo lo rende più importante che mai.»

"In che senso?"

«Pensa quanto sarebbe triste tua sorella se sapesse che la tua promessa valeva solo per oggi. Sarebbe devastata, non credi?»

"Sì! Kei ha ragione. Kumi mi ha detto che il suo sogno era lavorare con me, e io gliel'ho promesso. È stata la prima volta che l'ho vista così felice. Non posso comportarmi come se quella faccia sorridente non ci fosse mai stata. Non posso deluderla ancora. Devo tornare al presente e al Takakura. Anche se Kumi è morta, gliel'ho promesso quando era viva. Devo dare un senso a quel momento di felicità."

Hirai prese la tazza, ma...

"Voglio rivedere Kumi in faccia ancora una volta." Ecco il suo dilemma.

Ma aspettare ancora significava non poter più tornare indietro, questo Hirai lo sapeva bene. Eppure la distanza tra la tazza e la sua bocca non diminuiva.

Clack.

Da lontano si aprì la porta del bagno. Appena sentì quel rumore, Hirai ubbidì al suo istinto e bevve il caffè: non poteva permettersi di esitare oltre.

Messo da parte ogni pensiero razionale, sentiva il suo corpo agire solo d'impulso. Dopo il caffè avvertì nuovamente il senso di vertigine e le parve di mescolarsi al vapore che adesso la circondava per intero. Si era appena rassegnata a non rivederla mai più, quando Kumi tornò dal bagno.

"Kumi!"

In mezzo al vapore cangiante, la coscienza di Hirai era rimasta in parte nel passato.

«Ehi, sorellona, dove sei?» Kumi era tornata, ma sembrava che non la vedesse. Guardava *quella* sedia, la sedia su cui era seduta Hirai un attimo prima, con uno sguardo stupito.

"Kumi!"

La voce di Hirai non la raggiunse.

L'evanescente Kumi guardò Kei, di spalle dietro il bancone.

«Scusa, sai per caso dov'è andata mia sorella?» le chiese.

Kei si girò e le rivolse un sorriso. «È dovuta scappare all'improvviso...»

Kumi ci rimase male: aveva appena ritrovato la sorella, e questa se n'era già andata. Aveva detto che sarebbe tornata a casa, era stata dolce ma erano rimaste insieme troppo poco. Niente di strano che fosse delusa. Si lasciò cadere sulla sedia con un sospiro.

«Non ti preoccupare!» la rassicurò Kei vedendo la sua reazione. «Tua sorella ha detto che manterrà la promessa», aggiunse, ammiccando verso il punto in cui Hirai, ormai ridotta a puro vapore, stava guardando la scena.

"Kei, sei la mia salvezza! Grazie."

Hirai scoppiò a piangere, commossa dal sostegno di Kei.

Kumi si alzò e rimase un istante in silenzio. «Davvero?» chiese, mentre un gran sorriso le si riapriva sulle labbra. «Bene, fantastico! Allora adesso posso tornare a casa.» Chinò educatamente la testa e si diresse verso l'uscita con aria soddisfatta.

"*Kumiii!*"

Hirai vide tutto attraverso uno strato di vapore sottile. Kumi aveva sorriso sentendo che la sorella avrebbe mantenuto la promessa.

Ogni cosa attorno a Hirai corse dall'inizio alla fine come un film in *timelapse*, mentre lei continuava a piangere. Piangeva, piangeva, piangeva...

*

La donna in abito bianco era tornata dal bagno e stava ferma accanto a lei. C'erano anche Kazu, Nagare, Kōtake e Kei.

La donna in abito bianco non badò agli occhi gonfi di Hirai. «Spostati!» le ordinò in tono brusco.

«Va bene», rispose Hirai alzandosi da *quella* sedia.

La donna in abito bianco tornò a sedersi sulla sua sedia, spostò di lato la tazza da cui aveva bevuto Hirai e si rimise a leggere il suo romanzo come se niente fosse.

Hirai cercò inutilmente di asciugarsi il viso e trasse un gran sospiro. «Non sono così sicura che mi riaccoglieranno a braccia aperte. E con il lavoro non so neanche da dove incominciare...» sussurrò, fissando la lettera di Kumi che teneva ancora stretta tra le mani. «Se tornassi ora... non sarebbe un problema, vero?»

Sembrava proprio che Hirai avesse in mente di tornare al Takakura quello stesso giorno, lasciando il bar e tutto il resto. Voleva partire e basta. Era tipico di Hirai prendere una decisione senza prima rifletterci. Non ne aveva bisogno: ormai era convinta e sul suo viso non c'era traccia di incertezza.

Kei annuì con aria rassicurante.

«Sono fiduciosa, andrà tutto bene», rispose in tono allegro. Non le chiese cosa fosse capitato nel passato, non era necessario. Hirai prese trecentottanta yen dal borsellino per pagare il caffè, li porse a Kei e uscì dal locale con le ali ai piedi.

Din-don

Kei, uscita a sua volta da dietro il bancone per seguirla con lo sguardo, sussurrò, passandosi delicatamente una mano sulla pancia: «È stato bellissimo...».

Mettendo i soldi in cassa, Nagare guardò con aria solenne Kei mentre si toccava la pancia in quel modo.

"Chissà se si convince a rinunciare?"

Nagare rimase impassibile mentre l'eco del campanello risuonava tra le pareti del locale.

Din... don...

4.

Quando compare negli *haiku*, la cicala *higurashi* denota sempre la stagione autunnale. L'allusione alla *higurashi* evoca un frinire di fine estate, ma in realtà il suo verso si può sentire sin dai primi giorni della stagione calda. Tuttavia, per qualche strana ragione, mentre la cicala *abura* e la *min-min* fanno pensare al sole cocente, alla piena estate e alle giornate torride, il verso della *higurashi* riporta alle sere di fine agosto. Quando il sole cala e le foschie si addensano, il *cri-cri* della *higurashi* infonde un umore malinconico che mette voglia di chiudersi in casa.

In città la *higurashi* non si sente spesso, forse perché – a differenza dell'*abura* e della *min-min* – di solito predilige i luoghi ombrosi come le volte frondose delle foreste e i boschi di cipressi al riparo dal sole. Eppure nei dintorni del caffè viveva una solitaria *higurashi*. Quando il sole cominciava a tramontare, il suo costante *cri-cri* si faceva strada dal nulla, fuggevole e leggero. Ogni tanto, prestando attenzione, si sentiva fin dentro il caffè, nel seminterrato.

Era uno di quei pomeriggi di agosto. All'aperto l'*abura* friniva forte, *cri-cri-cri*. Secondo il meteo, sarebbe stato il giorno più caldo dell'anno, ma dentro il caffè c'era un bel fresco, senza bisogno dell'aria condizionata. Kazu stava leggendo ad alta voce l'email che Hirai aveva inviato a Nagare.

Sono tornata al Takakura ormai da due settimane. Ci sono così tante cose da imparare che mi viene quasi da piangere. Qui è durissima.

«Oh, poverina, non dev'essere facile...»

Insieme a Kazu c'erano Kōtake e Nagare. Siccome Kazu e Kei non possedevano un cellulare, le email arrivavano tutte all'indirizzo di Nagare. Kazu non lo aveva perché non se la cavava bene con i rapporti umani e considerava i telefoni e i mezzi di comunicazione come un ulteriore, inutile fastidio. Kei ci aveva rinunciato dal giorno del suo matrimonio: «Un cellulare è più che sufficiente per una coppia sposata», aveva sentenziato. Invece Hirai possedeva ben tre telefoni, ognuno con uno scopo diverso: clienti, amici e parenti. Sul telefono di famiglia aveva registrato solo il numero di casa dei suoi e quello della sorella Kumi. Anche se nessuno lo sapeva, adesso aveva aggiunto altri due numeri in rubrica, quello della caffetteria e quello di Nagare. Kazu proseguì la lettura:

Con i miei c'è ancora un po' di freddezza, ma sono convinta di aver fatto la scelta giusta.

Penso sempre che se la morte di Kumi avesse portato solo tristezza a me e ai miei, allora questa sarebbe stata la sua unica eredità.

Ecco perché voglio condurre una vita che testimoni di un'eredità più bella da parte sua. Non vi aspettavate che potessi essere così seria, vero?

Perciò diciamo che sono felice e sto bene. Venite a trovarmi, se potete, mi farebbe davvero piacere. Anche se ormai per quest'anno è troppo tardi, vi consiglio caldamente il Festival di Tanabata.

Un caro saluto a tutti,
Hirai

Nagare, rimasto ad ascoltare a braccia conserte sulla soglia della cucina, strinse gli occhi ancora più del solito. Probabilmente era il suo modo di sorridere, ma non era mai facile da capire.

«Oh, non è meraviglioso?» esclamò Kōtake con un sorriso beato. Doveva essere in pausa tra due turni, perché indossava ancora il camice da infermiera. «Ehi, guardate la foto!» disse Kazu, mostrando a Kōtake l'allegato. Kōtake prese il cellulare e osservò più da vicino.

«Wow, come sta bene!» esclamò, con un pizzico di sorpresa.

«Vero?» sorrise Kazu.

Nella foto, Hirai era in piedi di fronte alla locanda. Aveva i capelli raccolti in uno chignon e indossava un kimono rosa, a indicare il suo status di proprietaria del Takakura.

«Sembra felice.»

«Pare proprio di sì.»

Hirai sorrideva come se non avesse preoccupazione al mondo. Nell'email diceva che con i genitori i rapporti erano ancora freddi, ma accanto a lei c'erano entrambi, il padre Yasuo e la madre Michiko.

«Anche Kumi lo sarà...» sussurrò Nagare, sbirciando la foto da dietro.

«Be', su questo non ci sono dubbi.»

«Lo credo bene!» concordò Kōtake, fissando la foto. Anche Kazu, accanto a lei, fece un cenno di assenso. Non aveva più l'atteggiamento distaccato che impostava per celebrare la cerimonia di ritorno nel passato. La sua espressione era dolce e gentile.

«A proposito», disse Kōtake restituendo il cellulare a Kazu. Si girò e guardò perplessa verso la donna in abito bianco, seduta al solito posto. «Che ci fa lì?»

La domanda non era riferita alla donna in abito bianco, ovviamente, ma a Fumiko Kiyokawa, che le stava seduta di fronte. La stessa Fumiko che aveva viaggiato nel tempo quella primavera. Abitualmente la quintessenza della donna in carriera, doveva avere il suo giorno libero, perché indossava una maglietta nera con le maniche a tre quarti e un paio di leggings bianchi. Ai piedi portava sandali in corda.

Fumiko non aveva dimostrato alcun interesse per l'email di Hirai e si limitava a fissare il volto della donna in abito bianco. Le sue intenzioni però restavano un mistero anche per Kazu.

«Me lo chiedo anch'io», fu, infatti, il massimo che riuscì a rispondere.

Dall'ultima primavera, Fumiko ogni tanto faceva un salto alla caffetteria, e ogni volta si metteva a sedere di fronte alla donna in abito bianco.

All'improvviso, Fumiko guardò Kazu. «Ehi, scusami», disse.

«Sì?»

«C'è un dubbio che mi assilla.»

«Di che si tratta?»

«Tutta questa storia dei viaggi nel tempo... Si può andare anche nel futuro?»

«Nel futuro?»

«Esatto, nel futuro.»

La domanda di Fumiko stuzzicò la curiosità di Kōtake. «È vero, vorrei tanto saperlo anch'io.»

«Proprio così!» concordò Fumiko. «Tornare nel passato o andare nel futuro implica sempre poter viaggiare nel tempo, perciò immagino sia possibile, giusto?» proseguì Fumiko.

Kōtake annuì convinta.

«Allora, si può?» insistette Fumiko con aria trepidante.

«Sì, certo che si può viaggiare anche nel futuro», rispose brusca Kazu.

«Davvero?» chiese Fumiko in preda all'agitazione, dando inavvertitamente un colpo al tavolo e facendo rovesciare un sorso di caffè dalla tazza della donna in abito bianco. La donna la guardò male e Fumiko si precipitò ad asciugare il caffè con un tovagliolo. L'ultima cosa di cui aveva bisogno era una maledizione.

«Wow!» esclamò Kōtake.

Kazu osservò le loro reazioni, poi ribatté in tono gelido: «Però non ci va mai nessuno».

«Come?» disse Fumiko, sconcertata. «E perché mai?» chiese, avvicinandosi a Kazu. Di sicuro non era l'unica a essere attratta dall'idea di viaggiare nel futuro, ecco cosa intendeva. Anche Kōtake fissava Kazu con gli occhi sgranati, curiosa di sapere come mai quel genere di viaggio suscitasse così poco interesse. Kazu rivolse lo sguardo verso Nagare, e poi si girò di nuovo in direzione di Fumiko.

«Be', dovete sapere... Se volete andare nel futuro, di quanti anni volete spostarvi?»

Per quanto la domanda sembrasse sbucata dal nulla, pareva che Fumiko l'avesse già presa in considerazione.

«Di tre anni!» rispose all'istante, come se in effetti la stesse aspettando. Poi arrossì.

«Vuoi incontrare il tuo fidanzato, giusto?» le chiese Kazu, apparentemente impassibile.

«E se anche fosse?» Fumiko serrò la mascella quasi a volersi difendere, ma arrossì ancora di più.

«Non devi sentirti in imbarazzo...» disse Nagare, intromettendosi.

«Nessun imbarazzo!» Ma Nagare aveva colpito nel segno, e si scambiò un'occhiata d'intesa con Kōtake.

Kazu non era in vena di scherzi e guardava Fumiko con la sua solita espressione gelida. Fumiko rimase colpita dalla sua aria severa.

«Non si può?» chiese con un filo di voce.

«No, potere si può... Non è che non si possa», proseguì Kazu, in tono piatto.

«Ma?»

«Come fai a sapere se fra tre anni lui entrerà nel nostro caffè?»

Fumiko non parve afferrare il punto della questione.

«Non capisci?» le chiese Kazu, quasi con aria indagatrice.

«Oh!» esclamò Fumiko, che finalmente c'era arrivata. Anche se fosse andata avanti di tre anni, come faceva a sapere se quel giorno Gorō sarebbe entrato nel caffè?

«Ecco il punto critico. Quello che è successo nel passato lo sappiamo: puoi scegliere un momento preciso del passato e tornarci. Ma...»

«...il futuro è un mistero assoluto!» proseguì Kōtake, battendo le mani, neanche stesse partecipando a un quiz in TV.

«Certo, puoi arrivare al giorno che desideri, ma non c'è modo di sapere se la persona che vuoi incontrare passerà da queste parti.»

A giudicare dall'espressione impassibile di Kazu, molti altri clienti prima di lei dovevano essersi posti lo stesso dubbio.

«Perciò, a meno che non conti su un miracolo, se decidi un giorno preciso del futuro e ci vai – anche in questo caso solo finché il caffè è caldo –, le possibilità di incontrare la persona che volevi incontrare sono remote», aggiunse Nagare con il tono di chi è stanco di ripetere un concetto. Alla fine strinse gli occhi e guardò Fumiko come a chiederle: "Hai capito cos'ho detto?".

«Perciò sarebbe solo una perdita di tempo?» borbottò rassegnata Fumiko.

«Esatto.»

«Capisco...»

Considerando la natura apparentemente superficiale delle sue motivazioni, forse Fumiko avrebbe dovuto sentirsi più a disagio. Invece era così colpita dalla rigidità asfissiante delle regole del caffè che non le venne in mente di porre altre domande.

Non disse niente, ma pensò: "Quando torni nel passato non puoi cambiare il futuro. Andare nel futuro è un esercizio inutile. Che meraviglia! Adesso capisco perché quell'articolo giudicava insensati i viaggi nel tempo".

Ma non se la sarebbe cavata così facilmente. Nagare strinse gli occhi e, sempre più curioso, la canzonò: «Cosa volevi fare? Controllare se eri sposata?».

«Niente del genere!»

«Ah, lo sapevo!»

«No, ti ho detto che non si tratta di questo!»

Più si affannava a negare l'evidenza, più si scavava la fossa. Ma, sfortunatamente per lei, non avrebbe potuto viaggiare nel futuro comunque. C'era un'altra regola, ancora più irritante, che glielo impediva: *Chi si è seduto su quella sedia una volta per viaggiare nel tempo non può farlo una seconda.* A ogni persona era concessa un'unica possibilità.

"Ma forse è meglio non dirlo a Fumiko", pensò Kazu, mentre la guardava chiacchierare. E non per riguardo verso di lei, ma perché avrebbe sicuramente chiesto ragione di una regola simile.

"E non ho nessuna voglia di mettermi a discutere di questo", si disse semplicemente Kazu.

«Buongiorno, benvenuto!»

Era Fusagi. Indossava una polo blu e dei bermuda beige, e portava le infradito ai piedi e una borsa in spalla. Era il giorno più caldo dell'anno. In mano non aveva un fazzoletto, ma un tovagliolino bianco con cui si asciugava il sudore.

«Fusagi!» esclamò Nagare, anziché ripetere il solito benvenuto.

Sulle prime Fusagi parve confuso, poi fece un piccolo cenno con il capo e andò a sedersi al suo solito posto, al tavolo più vicino all'ingresso. Kōtake, con le mani dietro la schiena, andò subito da lui.

«Ciao, caro!» gli disse con un sorriso. Ormai non lo chiamava più Fusagi come faceva un tempo.

«Scusi, ci conosciamo?»

«Sono tua moglie, tesoro.»

«Moglie...? Mia moglie?»

«Sì.»

«È uno scherzo, vero?»

«No, sono davvero tua moglie.»

E senza esitare si accomodò sulla sedia di fronte. Non sapendo come reagire dinnanzi a quella sconosciuta che si comportava con tanta familiarità, Fusagi sembrava piuttosto preoccupato.

«Ehm, preferirei che non si prendesse la libertà di sedere al mio tavolo.»

«Oh, non c'è problema se mi siedo qui con te... Sono tua moglie.»

«Ecco, il problema ce l'ho io...Vede, io non la conosco.»

«Bene, allora dovremo conoscerci. Cominciamo subito.»

«Si può sapere cosa intende?»

«Che ne dici di una proposta di matrimonio?»

Mentre lui se ne stava lì a bocca aperta, lei continuava a guardarlo tutta sorridente. Visibilmente scosso, Fusagi cercò sostegno in Kazu, che era arrivata a portargli un bicchiere d'acqua.

«Ehm, mi scusi, potrebbe aiutarmi con questa donna?»

A una prima occhiata, poteva sembrare una coppia di ottimo umore, ma guardando meglio Fusagi, si capiva che era molto a disagio.

«Oggi mi pare un po' agitato», commentò Kazu offrendogli sostegno con un sorriso.

«Trovi?» commentò Kōtake. «Oh, be'...»

«Non sarebbe meglio rimandare a domani?» urlò Nagare da dietro il bancone, offrendo un'ancora di salvezza.

Tra quei due le conversazioni di questo tipo erano all'ordine del giorno. Certe volte, quando Kōtake diceva a Fusagi che era sua moglie, lui si rifiutava di crederci. Invece chissà perché altre volte le cose andavano diversamente. Ad esempio, solo due giorni prima lei si era seduta di fronte a lui e avevano avuto una conversazione apparentemente molto gradevole.

In casi simili, di solito parlavano dei loro ricordi di viaggio. Fusagi adorava raccontarle dov'era stato e cos'aveva visitato. Lei stava a guardarlo con un sorriso e diceva: «Oh, anch'io ci sono stata», e si mettevano a chiacchierare fitto fitto. Ormai Kōtake ci aveva preso gusto.

«Sì, forse hai ragione. Riprenderò la conversazione quando saremo tornati a casa», disse andandosi a sedere al bancone, rassegnata a lasciar correre per il momento.

«Però sembri soddisfatta di come stanno le cose, no?» osservò Nagare.

«Oh, sì, immagino di sì.»

Nonostante il freschino che regnava nella caffetteria, Fusagi continuava ad asciugarsi il sudore che gli imperlava la fronte.

«Del caffè, per favore», ordinò, prendendo la rivista di viaggi dalla borsa e aprendola sul tavolino.

«Subito», rispose Kazu con un sorriso, mentre scompariva in cucina. Fumiko riprese a osservare la donna in abito bianco. Kōtake si sporse in avanti con le guance appoggiate sui pugni e gli occhi fissi su Fusagi, che leggeva la rivista senza badare ad altro. Mentre li osservava, Nagare si mise a macinare il caffè usando un macinino vecchio stampo. La donna in abito bianco, come sempre, leggeva imperterrita il suo romanzo. Quando l'aroma del caffè macinato di fresco si diffuse nel locale, Kei sbucò fuori dal retro. Appena la vide, Nagare si fermò di botto.

«Accidenti!» esclamò Kōtake, vedendo il colorito di Kei. Era pallidissima, quasi bluastra, e camminava come se stesse per svenire.

«Tutto bene?» le chiese brusco Nagare, visibilmente turbato: sembrava che anche a lui avessero risucchiato il sangue dal viso.

«Cara *Sis*, forse oggi dovresti riposarti!» le gridò Kazu dalla cucina.

«No, tutto a posto, grazie», rispose Kei, facendo finta di star bene. Ma si sentiva così male che non riusciva in nessun modo a nasconderlo.

«Oggi non hai una bella faccia», commentò Kōtake, alzandosi dallo sgabello per valutarne le condizioni. «Dovresti riposare, non credi?»

«No, sto bene, sul serio», ribatté Kei alzando le dita a V.

Ma si vedeva che non era vero.

Kei era nata debole di cuore. Visto che i medici le avevano sconsigliato di esagerare con lo sport, ai tempi della scuola non aveva mai potuto partecipare alle giornate sportive; eppure era una persona naturalmente socievole e dallo spirito libero, una vera esperta nel godersi la vita. Era una delle «doti di Kei per vivere felice», come diceva sempre Hirai.

"Se non potrò fare tanto sport, va bene... vorrà dire che non farò tanto sport." Lei la pensava così.

Ma anziché mettersi seduta ad assistere alle gare di corsa durante le giornate sportive, chiedeva a un ragazzo di spingerla in sedia a rotelle. Certo, non avevano nessuna chance di vincere, ma ce la mettevano sempre tutta e sembravano sinceramente delusi quando perdevano. Alle lezioni di ballo i suoi movimenti erano molto lenti, tutto il contrario dei passi scatenati delle altre. Normalmente questa sua ostinazione a fare le cose in maniera diversa le avrebbe attirato le antipatie di chi non amava che si andasse controcorrente, ma a Kei non era mai capitato. Lei era sempre amica di tutti, faceva quell'effetto sulla gente. Eppure, a dispetto della sua forza di volontà e di carattere, ogni tanto il cuore di Kei dava segni di peggioramento. Anche se non per lunghi periodi, doveva abbandonare la scuola per ricoverarsi. Ed era stato proprio in ospedale che aveva conosciuto Nagare.

Lei aveva diciassette anni e frequentava il secondo anno di liceo, ma in ospedale era confinata a letto e il suo unico svago era chiacchierare con i visitatori e le infermiere che entravano nella sua stanza. Le piaceva anche osservare il mondo fuori dalla finestra, e un giorno le capitò di vedere nel giardino dell'ospedale un uomo fasciato dalla testa ai piedi.

Non riusciva a smettere di guardarlo: non era solo interamente avvolto nelle bende, ma era anche più grosso di chiunque altro avesse mai visto in vita sua. Quando una ragazza gli passava di fronte, sembrava minuscola in confronto. Benché la cosa non fosse molto gentile, Kei lo chiamò l'*uomo mummia*, e poteva rimanere a guardarlo tutto il giorno senza annoiarsi.

Un'infermiera le raccontò che l'uomo mummia era stato ricoverato per un incidente d'auto. Stava attraversando la strada a un incrocio nel preciso momento in cui una macchina era andata a sbattere contro un camion davanti ai suoi occhi. Per fortuna era riuscito a fermarsi in tempo, ma la fiancata del camion l'aveva scaraventato a venti metri di distanza, dentro la vetrina di un negozio. Lo scontro vero e proprio non era stato grave e i passeggeri dell'auto erano rimasti illesi, ma il camion era finito sul marciapiedi e si era ribaltato. Per fortuna non erano rimasti feriti altri passanti. Se fosse capitato lo stesso a uno di corporatura normale, probabilmente sarebbe morto sul colpo, invece quell'omone si era rimesso in piedi come se niente fosse, ma ovviamente era in un lago di sangue. Nonostante le sue condizioni, si era trascinato verso la cabina del camion a controllare la situazione. Il serbatoio perdeva benzina e l'autista era svenuto. Allora l'omone l'aveva tirato fuori dal camion e, portandoselo via in spalla, aveva urlato a uno dei curiosi di chiamare l'ambulanza. Quando erano arrivati i soccorsi, avevano caricato in ambulanza anche lui. Aveva perso molto sangue per via delle ferite, ma non si era rotto niente.

Dopo aver sentito la storia dell'uomo mummia, la curiosità di Kei era persino cresciuta. E in breve tempo si trasformò in una vera e propria cotta. Il suo primo amore. Un giorno decise di andare a conoscerlo. Quando se lo vide di fronte, le parve persino più grosso di quanto si aspettasse. Era come trovarsi di fronte a un muro. «Mi sa che sei l'uomo che voglio sposare», gli annunciò, senza tanti giri di parole. Glielo disse chiaro e tondo, anzi furono le prime parole che gli rivolse.

L'uomo mummia la fissò per un attimo senza dire nulla, poi le diede una risposta pratica e non del tutto negativa.

«Se accetto, dovrai lavorare in un caffè.»

I loro tre anni di fidanzamento cominciarono quel giorno, e quando Kei compì vent'anni e Nagare ventitré, firmarono il registro e divennero marito e moglie.

*

Kei andò dietro il bancone e si mise ad asciugare i piatti, come faceva sempre, mentre dalla cucina si sentiva il gorgogliare del caffé dal sifone. Kōtake continuava a guardare preoccupata Kei, ma Kazu entrò in cucina e Nagare ricominciò a macinare i chicchi di caffè. Per qualche ragione sconosciuta a tutti, la donna in abito bianco continuava a fissare Kei.

«Oh!» esclamò Kōtake un attimo prima che esplodesse un rumore di vetri rotti.

A Kei era caduto un bicchiere di mano.

«*Sis*, tutto bene?» Solitamente calma e impassibile, Kazu si precipitò fuori dalla cucina in preda al panico.

«Mi dispiace», disse Kei, inginocchiandosi a raccogliere i frammenti da terra.

«Lascia stare, *Sis*, ci penso io», le disse Kazu, aiutandola a rimettersi in piedi.

Nagare le guardava senza aprire bocca.

Era la prima volta che Kōtake vedeva Kei in condizioni così critiche. Essendo un'infermiera, aveva sempre a che fare con gente malata, ma vedere la sua amica soffrire in quel modo la fece impallidire.

«Kei, tesoro», balbettò.

«Stai bene?» sussurrò Fumiko.

Ovviamente anche Fusagi sentì il trambusto, e sollevò la testa.

«Mi dispiace.»

«Secondo me Kei dovrebbe andare in ospedale», suggerì Kōtake.

«No, adesso passa, davvero.»

«Sul serio, secondo me...»

Kei scosse ostinatamente la testa, ma ansimava a ogni respiro. Forse stava peggio di quanto pensasse.

Nagare non aprì bocca e si limitò a guardare la moglie con aria torva.

Kei fece un respiro profondo. «Forse dovrei mettermi a letto», disse andando sul retro. Dall'espressione di Nagare, aveva capito che era preoccupato per lei.

«Kazu, bada tu al caffè, per favore», disse Nagare seguendola.

«Ma certo», rispose Kazu, immobile come se pensasse ad altro.

«Del caffè, prego.»

«Oh, sì... scusi!»

Visto l'umore generale, Fusagi doveva essersi morso la lingua, in attesa di fare la sua ordinazione. La sua richiesta fece tornare Kazu con i piedi per terra. La preoccupazione per Kei le aveva fatto completamente scordare il caffè di Fusagi.

Alla fine della giornata, un umore plumbeo aleggiava nel locale.

*

Da quando era rimasta incinta, Kei si metteva a parlare con il bambino ogni volta che poteva. A quattro settimane era un po' presto per chiamarlo bambino, ma questo non l'aveva scoraggiata. Al mattino cominciava con un bel *buon-giorno* e proseguiva raccontando i fatti della giornata e chiamando Nagare *papà*. Quelle conversazioni immaginarie con il suo bambino erano il momento migliore delle sue giornate.

«Lo vedi? È il tuo papà!»

«Mio padre?»

«Esatto!»

«Ma è grandissimo!»

«Sì, ma non ha solo il corpo grande. Ha anche un cuore grande! È un papà molto dolce e gentile.»

«Che bello, non vedo l'ora!»

«Anche papà e mamma non vedono l'ora di vederti, tesoro mio!»

Ecco come andavano queste conversazioni, in cui – ovviamente – Kei interpretava entrambe le parti. Ma la triste realtà era che la salute di Kei peggiorava con il progredire della gravidanza. Dopo cinque settimane all'interno dell'utero si forma una sacca con l'embrione, che misura uno o due millimetri. Da questo momento in poi si sente il cuore del bambino e gli organi cominciano a formarsi in fretta: si sviluppano occhi, orecchie e bocca; si formano stomaco, intestino, polmoni, pancreas, nervi cerebrali e aorta, mentre le mani e i piedi cominciano a sporgere. Tutto questo precoce movimento fetale aggravava le condizioni fisiche di Kei.

Ogni tanto veniva colta da forti vampate di calore come se avesse la febbre, mentre gli ormoni che produceva per creare la placenta la facevano sentire letargica, inducendola a crollare spesso in una sonnolenza improvvisa. La gravidanza influiva anche sul suo umore, facendola passare da un eccesso all'altro. Periodi di ansia, brevi esplosioni di rabbia e poi depressione. In più, certi cibi assumevano un gusto diverso dal solito.

Eppure, nonostante tutto, non si era mai lamentata. Abituata com'era sin da bambina a fare avanti e indietro dall'ospedale, non si lamentava mai dei suoi disturbi.

Ma nelle ultime quarantott'ore la sua salute era precipitata. Due giorni prima Nagare era riuscito a parlare a quattr'occhi con il suo medico curante per chiedergli in confidenza quale fosse la sua opinione.

«Francamente, non sono sicuro che il cuore di sua moglie riesca a sopportare la gravidanza. Le nausee mattutine cominceranno a partire dalla sesta settimana, e se sono troppo forti dovremo ricoverarla. Se decide di avere il bambino, deve sapere che le probabilità che sopravvivano entrambi sono molto basse. Anche se dovessero superare il momento della nascita, il corpo della madre ne risentirebbe pesantemente. Sua moglie deve capire che le sue aspettative di vita si ridurranno drasticamente.»

«Di solito», aveva proseguito il dottore, «le interruzioni si effettuano tra la sesta e la dodicesima settimana. Nel caso di sua moglie, bisognerebbe intervenire il prima possibile, se dovesse decidere di interrompere la gravidanza...»

Tornato a casa, Nagare le aveva raccontato tutto, ma Kei si era limitata ad annuire dicendo: «Lo so».

*

Dopo aver chiuso la caffetteria, Nagare si sedette tutto solo al bancone, lasciando accese solamente le lampade da parete. Tanto per distrarsi, si era messo a piegare a forma di gru dei tovaglioli di carta e aveva allineato sul bancone una fila di minuscoli animaletti. L'unico rumore che si sentiva era il ticchettio degli orologi a muro. L'unica cosa che si muoveva erano le mani di Nagare.

Din-don

Il campanello suonò, ma Nagare non mostrò alcuna reazione e si limitò ad aggiungere alle altre l'ultima gru che aveva appena finito di piegare. Kōtake era passata dopo il lavoro perché era in pensiero per Kei.

Nagare, lo sguardo fisso sulle gru, annuì appena.

Kōtake rimase ferma sulla soglia. «Come sta Kei?» chiese. Aveva scoperto che era incinta quasi da subito, ma non pensava che sarebbe peggiorata così in fretta. Aveva la stessa aria preoccupata di qualche ora prima.

Nagare non le rispose all'istante. Prese un altro tovagliolino e cominciò a piegarlo.

«Così così», disse.

Kōtake si sedette al bancone lasciando uno sgabello in mezzo.

Nagare si grattò la punta del naso. «Mi dispiace creare tanta preoccupazione», disse, chinando la testa come per scusarsi.

«Oh, non ci pensare... Piuttosto, non dovrebbe andare in ospedale?»

«Gliel'ho detto, ma non mi dà retta.»

«Sì, però.»

Nagare finì di piegare la gru e la guardò.

«Io ero contrario a proseguire la gravidanza», sussurrò con un filo di voce. Se la caffetteria non fosse stata così piccola e silenziosa, Kōtake non l'avrebbe mai sentito. «Ma non c'è modo di farle cambiare idea», concluse guardando Kōtake con un lieve sorriso, prima di abbassare gli occhi.

Aveva detto a Kei che lui «era contrario» a proseguire la gravidanza, ma non sarebbe mai andato oltre. Non poteva dire né «abortisci», né «non abortire»: per lui era letteralmente impossibile scegliere tra Kei e il bambino.

Kōtake non sapeva cosa dire e guardò le pale sul soffitto che giravano lentamente.

«È durissima», concordò.

Kazu sbucò dal retro.

«Kazu...» sussurrò Kōtake.

Ma Kazu si girò all'istante a guardare Nagare. Invece della sua solita espressione indecifrabile, sul suo viso era dipinta un'aria triste e scoraggiata.

«Come sta?» le chiese Nagare.

Kazu si guardò alle spalle. Nagare seguì il suo sguardo e vide Kei avvicinarsi lentamente. Era ancora molto pallida e il suo passo era malfermo, ma adesso sembrava più tranquilla. Andò dietro il bancone, di fronte a Nagare, e rimase a fissarlo. Ma lui non ricambiò il suo sguardo e continuò a osservare le piccole gru allineate sotto i suoi occhi. Siccome nessuno dei due si decideva a parlare, il silenzio tra loro divenne sempre più imbarazzante. Kōtake non riusciva a muoversi.

Kazu andò in cucina a preparare del caffè. Mise il filtro nella caffettiera e versò l'acqua calda dal bollitore. Con tutto quel silenzio, non serviva vederla per intuire i suoi gesti. Ben presto l'acqua cominciò a bollire e si sentì un gorgoglio. Dopo pochi minuti, l'aroma del caffè appena fatto si diffuse nel locale. Quasi risvegliato da quel profumo, Nagare sollevò lo sguardo.

«Mi dispiace, Nagare», sussurrò Kei.

«Per cosa?» chiese Nagare, tornando a fissare le gru.

«In ospedale ci vado domani.»

«...»

«Mi ricoverano di sicuro», proseguì, pronunciando ogni parola come se cercasse di far pace con sé stessa. «A dire la verità, non credo che tornerò più a casa. È una decisione che non sono riuscita a prendere...»

«Capisco», rispose Nagare stringendo forte i pugni.

Kei sollevò il mento e guardò nel vuoto con i suoi grandi occhi rotondi. «Ma temo di non poter andare avanti ancora a lungo», ammise con le guance rigate di lacrime.

Nagare rimase ad ascoltare in silenzio.

«Il mio corpo non ce la fa più...»

Kei si posò le mani sulla pancia, che non era ancora cresciuta neanche di un centimetro. «A quanto pare, mettere al mondo questo bimbo mi porterà via tutto...» disse con un sorriso consapevole. Quando si trattava del suo corpo, ne sapeva più di tutti.

«È per questo che...»

Nagare la guardò stringendo gli occhi. «Va bene», fu tutto ciò che riuscì a rispondere. «Kei, tesoro...»

Era la prima volta che Kōtake vedeva Kei così disperata. Come infermiera, capiva il rischio che correva a proseguire una gravidanza con un cuore come il suo. Le nausee mattutine non erano ancora incominciate, e il suo corpo era già molto indebolito. Se avesse deciso di interrompere la gravidanza, nessuno l'avrebbe criticata, ma ormai aveva stabilito di proseguire.

«Però ho una gran paura», ammise Kei con voce tremante. «Chissà se il mio bimbo sarà felice...»

«Il piccolino della mamma resterà solo? Piangerai per questo?» gli chiese come faceva sempre. «Forse al massimo riuscirò a metterti al mondo, tesoro mio. Mi perdonerai?»

Rimase ad ascoltare, ma non giunse risposta.

Un fiume di lacrime le rigò il viso.

«Ho tanta paura... il pensiero di non esserci per il mio bambino mi terrorizza», ammise, guardando negli occhi Nagare. «Non so cosa dovrei fare. Voglio che mio figlio sia felice. Come fa un desiderio tanto semplice a mettere così tanta paura?» pianse.

Nagare non rispose, ma si limitò a guardare le gru di carta sul bancone.

Flap.

La donna in abito bianco chiuse il suo romanzo. Non l'aveva finito, e tra le pagine era rimasto un segnalibro bianco con un nastrino rosso. Sentendo chiudere il libro, Kei la guardò. La donna in abito bianco ricambiò il suo sguardo e continuò a fissarla.

Senza toglierle gli occhi di dosso, la donna in abito bianco sbatté le palpebre una sola volta, poi si alzò di scatto dalla sedia. Era come se con quel cenno avesse voluto comunicare qualcosa; passò dietro a Nogare e a Kōtake e scomparve nel bagno neanche fosse stata risucchiata.

La sua sedia, *quella* sedia, adesso era libera.

Kei cominciò a muoversi come se una forza misteriosa la spingesse. Poi, quando fu di fronte a *quella* sedia, la sedia che poteva rispedire le persone nel passato, rimase a fissarla.

«Kazu... potresti preparare un po' di caffè, per favore?» chiese debolmente.

Kazu si affacciò dalla cucina e la vide in piedi accanto alla sedia. Non sapeva cos'avesse in mente.

Nagare si girò e vide la schiena di Kei. «Oh, andiamo... Non starai dicendo sul serio, vero?» le disse.

Kazu notò che la donna in abito bianco se n'era andata, e ricordò la conversazione del giorno prima. Fumiko Kiyokawa aveva chiesto: «Si può andare anche nel futuro?».

Il desiderio di Fumiko era molto semplice: voleva sapere se dopo tre anni Gorō sarebbe tornato dall'America e l'avrebbe sposata. Kazu aveva detto che si poteva fare, ma che alla fine rinunciavano tutti perché non aveva alcun senso. Ma era esattamente quello che voleva fare Kei.

«Vorrei dare solo un'occhiata.»

«Aspetta un attimo.»

«Se potessi guardare anche solo per un momento, mi basterebbe...»

«Vuoi davvero andare nel futuro?» le chiese Nagare, il tono più burbero del solito.

«Non posso fare altro...»

«Ma non sai se potrai incontrarlo...»

«...»

«Che senso ha andare nel futuro se non lo incontri?»

«È vero, però...»

Lei lo guardò implorante negli occhi.

Ma Nagare riuscì a pronunciare solo una parola. «No», disse, e le girò le spalle senza più aprire bocca.

Nagare non si era mai opposto a un desiderio di Kei. Rispettava la sua personalità ostinata e determinata. Non si era neanche opposto con forza alla sua decisione di mettere a rischio la vita per avere un bambino. Ma stavolta aveva detto di no.

Pensava che se fosse andata nel futuro e avesse scoperto che il bambino non esisteva, la forza interiore che l'aveva sostenuta sarebbe venuta meno.

Kei rimase in piedi di fronte alla sedia, debole ma ostinata. Ormai non poteva più cambiare idea. Non si sarebbe tirata indietro.

«Devi decidere di quanti anni vuoi andare avanti», disse all'improvviso Kazu, guardandola negli occhi.

«Kazu!» le urlò Nagare con il tono più autoritario che

riuscì a impostare. Ma Kazu lo ignorò e con l'espressione gelida che era il suo marchio di fabbrica disse: «Me ne ricorderò. Farò in modo che tu possa incontrare...».

«Kazu, tesoro...»

Kazu le stava promettendo che le avrebbe fatto trovare il figlio nel locale il giorno esatto in cui fosse arrivata dal passato. «Perciò non ti devi preoccupare», la rassicurò.

Kei la guardò negli occhi e annuì.

Kazu aveva la sensazione che il peggioramento di Kei degli ultimi giorni non fosse causato solo dai cambiamenti fisici della gravidanza, ma anche dal terribile stress dell'intera situazione. Kei non aveva paura di morire. L'ansia e la tristezza provenivano dal timore di non riuscire a veder crescere il proprio figlio. Questo gravava fortemente sul suo cuore, e lo stava fiaccando. E mentre la sua forza diminuiva, la sua ansia cresceva. La malattia si nutre di negatività, si potrebbe dire. Kazu temeva che ad andare avanti così, Kei sarebbe peggiorata sempre più, mettendo a rischio la vita sua e del figlio.

Un lampo di positività riprese a brillare negli occhi di Kei. "Posso incontrare mio figlio."

Era una speranza molto, molto esile. Kei tornò a guardare Nagare, seduto al bancone. I loro sguardi si incrociarono.

Lui rimase in silenzio per un attimo, poi emise un gran sospiro e si voltò. «Fai come vuoi», disse, girando sullo sgabello in modo da rivolgerle le spalle.

«Grazie», rispose lei alla sua schiena.

Dopo aver verificato che ci fosse lo spazio sufficiente a sedersi, Kazu tolse la tazza della donna in abito bianco e scomparve in cucina. Kei prese fiato, scivolò lentamente sulla sedia e chiuse gli occhi. Kōtake giunse le mani come in preghiera, mentre Nagare fissava in silenzio le gru di carta sul bancone.

Era la prima volta che Kei vedeva Kazu sfidare il volere di Nagare. Fuori dal caffè, Kazu non parlava mai con gli estranei. Frequentava la scuola d'arte, ma Kei non l'aveva mai vista in compagnia di qualcuno che potesse chiamare amico. Di solito se ne stava sulle sue. Quando non era in università, dava una mano in caffetteria, e a fine turno si chiudeva nella sua stanza, dove non faceva altro che disegnare.

I disegni di Kazu erano iperrealistici. Usando solo le matite, creava opere che sembravano autentiche fotografie, ma riusciva a disegnare solo oggetti che poteva osservare dal vivo; i suoi disegni non rappresentavano mai un mondo immaginario o inventato. Le persone non vedono le cose e non sentono le cose nella maniera oggettiva che credono. A distorcere le informazioni visive e uditive che entrano nel cervello intervengono i pensieri, le circostanze, le fantasie più sfrenate, i pregiudizi, le preferenze, le conoscenze, la consapevolezza e un'infinità di altri meccanismi cerebrali. Lo schizzo che Picasso fece a nove anni di un nudo maschile è straordinario. Il disegno che fece a quattordici di una comunione cattolica è molto realistico. Ma in seguito, dopo lo shock del suicidio del suo migliore amico, cominciò a creare i dipinti che andarono a formare il cosiddetto Periodo Blu, poi conobbe una nuova fiamma e creò le opere brillanti e coloratissime del Periodo Rosa. Influenzato dalle sculture africane, entrò a far parte del Cubismo, poi passò allo stile neoclassico, continuò con il Surrealismo e alla fine dipinse i famosissimi *Donna che piange* e *Guernica*.

Prese tutte assieme, queste opere mostrano il mondo visto con gli occhi di Picasso, rappresentano la realtà attraverso il filtro di Picasso. Fino a quel momento, Kazu non aveva mai pensato di sfidare o influenzare le opinioni o il comportamento della gente, e questo perché i suoi sentimenti non facevano parte del filtro attraverso cui interagiva con il mondo. Qualsiasi cosa accadesse, lei cercava sempre di non influenzarla tenendosi a distanza di sicurezza. Kazu era fatta così, era il suo stile di vita.

Era così che si comportava con gli altri. La sua freddezza nel trattare i clienti che volevano tornare nel passato era il suo modo di far capire che le loro ragioni per affrontare quel viaggio non la riguardavano. Ma stavolta era diverso. Aveva fatto una promessa. Stava incoraggiando Kei ad andare nel futuro, e le sue azioni stavano avendo un'influenza diretta sul futuro di Kei. A Kei venne in mente che Kazu doveva avere una ragione precisa per comportarsi in maniera così inusuale, ma quella ragione non era immediatamente comprensibile.

«*Sis...*» Kei aprì gli occhi sentendo la voce di Kazu. In piedi accanto al tavolino, Kazu teneva in mano un vassoio d'argento con una tazza bianca e una caffettiera d'argento.

«Ti senti bene?»

«Sì, tutto bene.»

Kei si raddrizzò sulla sedia e Kazu le posò la tazza di fronte senza aggiungere altro.

«Tra quanti anni?» le sussurrò con un filo di voce, piegando la testa di lato.

Kei ci pensò su un momento. «Tra dieci anni, il 27 agosto», annunciò.

Quando Kazu sentì la data, fece un sorriso.

«Va bene», ribatté. Il 27 agosto era il compleanno di Kei, una data che Kazu e Nagare non avrebbero mai potuto dimenticare. «E l'ora?»

«Le tre del pomeriggio», rispose all'istante Kei.

«Tra dieci anni, il 27 agosto, alle tre del pomeriggio.»

«Sì, per favore», confermò con un sorriso Kei.

Kazu annuì e afferrò il manico della caffettiera d'argento. «Allora d'accordo», concluse riprendendo il suo tono distaccato.

Kei guardò Nagare. «A tra poco», gli disse in tono allegro.

Lui non si voltò. «Sì, va bene.»

Durante il breve scambio tra Kei e Nagare, Kazu prese la caffettiera e la tenne immobile sopra la tazza.

«L'importante è bere il caffè prima che si raffreddi», le sussurrò.

Le parole risuonarono tra le pareti del caffè silenzioso. Kei avvertiva la tensione nella sala.

Kazu cominciò a versare il caffè. Un sottile filo nero scese dal beccuccio della caffettiera, riempiendo lentamente la tazza. Lo sguardo di Kei non era fisso sulla tazza, ma su Kazu. Quando il caffè raggiunse il bordo, Kazu avvertì il suo sguardo e le sorrise con affetto come a dire: "Farò in modo che tu possa incontrarlo...".

Uno sbuffo cangiante di vapore salì dalla tazza piena di caffè. Kei sentì il suo corpo fremere quasi fosse una nuvola. In un attimo era diventata leggera come l'aria e ogni cosa attorno aveva cominciato a correre come un film in *timelapse*.

Normalmente avrebbe reagito guardando le scene con gli occhi luccicanti di una ragazzina al luna park, ma adesso era talmente giù di morale che la sua mente non riusciva ad apprezzare neanche un'esperienza così incredibile. Nagare aveva cercato di opporsi, ma Kazu le aveva dato manforte, e adesso non vedeva l'ora di incontrare suo figlio. Arrendendosi al senso di vertigine, ripensò alla propria infanzia.

*

Anche il padre di Kei, Michinori Matsuzawa, era debole di cuore. Era crollato sul lavoro quando Kei faceva la terza elementare. Dopo quella volta, non aveva fatto che entrare e uscire dall'ospedale, finché non era morto esattamente un anno dopo. Kei aveva nove anni ed era una bambina socievole, sempre allegra e sorridente. Eppure era anche sensibile e molto nervosa. La morte del padre l'aveva devastata da un punto di vista emotivo. Era la prima volta che incrociava la morte sulla sua strada e la chiamava *la scatola buia*. Una volta che entravi in quella scatola, non ne uscivi più. Il padre era intrappolato lì dentro, un posto dove non si incontrava nessuno, orribile e solitario. Quando pensava al padre, non riusciva più a chiudere occhio. E il suo sorriso, giorno dopo giorno era svanito.

La reazione della madre Tomako alla morte del marito era stata opposta. Passava le sue giornate con il sorriso sulle labbra. In realtà non era mai stata un'allegrona. Lei e Michinori formavano una coppia a prima vista ordinaria e ben poco eccitante. Tomako aveva pianto al funerale, ma da quel giorno in poi non si era più mostrata triste, anzi sorrideva molto più che in passato. Kei non riusciva a capire come mai sua madre sorridesse sempre e un giorno le chiese: «Perché sei felice che papà sia morto? Non sei triste?».

Tomako, che sapeva come Kei chiamava la morte, le rispose: «Be', se tuo padre ci potesse vedere da quella scatola buia, cosa credi che direbbe?».

Con tutto l'amore del mondo per il marito, Tomako cercava di rispondere alla crudele domanda della figlia: *Perché sei felice?*

«Tuo padre non è andato in quella scatola perché lo voleva. C'era una ragione. Doveva andarci. Se tuo padre ci potesse vedere dalla sua scatola e ti vedesse piangere ogni giorno, cosa credi che penserebbe? Secondo me diventerebbe triste. Tu lo sai quanto ti amava, vero? Non credi che sarebbe doloroso per lui vedere lo sguardo infelice di una persona che amava? Allora che ne dici di sorridere ogni giorno, in modo che anche tuo padre possa sorridere dalla sua scatola? I nostri sorrisi gli permettono di sorridere. La nostra felicità permette a tuo padre di essere felice nella sua scatola.» Sentendo questa spiegazione, gli occhi di Kei si gonfiarono di lacrime.

Tomako la strinse forte e anche nei suoi occhi brillarono le lacrime che teneva nascoste dal giorno del funerale. "Io sarò la prossima a finire nella scatola..." pensò.

Kei comprese finalmente per la prima volta quanto doveva essere stato difficile per suo padre. Il suo cuore si strinse al pensiero di quanto doveva aver sofferto sapendo che il suo tempo era finito e che doveva lasciare la sua famiglia. Ma questo l'aiutò anche a comprendere meglio la grandezza della madre: solo un immenso amore e una conoscenza profonda del marito potevano permetterle di pronunciare quelle parole.

*

Dopo qualche tempo tutto rallentò gradualmente fino a fermarsi, e lei smise di essere vapore per ridiventare un corpo, cambiando forma e tornando Kei.

Con l'aiuto di Kazu, era arrivata nel futuro, dieci anni dopo. La prima cosa che fece fu guardarsi attorno con occhi attenti.

I pilastri robusti e le travi di legno sul soffitto erano di un bel marrone lucido, come i gusci delle castagne. Alle pareti c'erano i soliti tre grandi orologi. I muri erano di intonaco beige, con la patina lasciata da più di cent'anni: le parve tutto bellissimo. La luce soffusa che tingeva di seppia l'intero caffè, anche di giorno, toglieva il senso del tempo. L'atmosfera *rétro* del locale aveva un effetto confortante. In alto c'era una pala da soffitto, che ruotava lenta senza rumore. Nulla le diceva che fosse approdata in un futuro lontano dieci anni.

Il calendario accanto al registratore di cassa indicava il 27 agosto e Kazu, Nagare e Kōtake – che un attimo prima erano lì con lei – adesso erano spariti.

Al loro posto, un uomo la fissava da dietro il bancone.

Lei lo guardò perplessa. Indossava una camicia bianca, con il gilet nero e il papillon, e portava i capelli corti dietro e ai lati. Era chiaro che lavorava nel locale. Per prima cosa era dietro il bancone, e poi non sembrava sorpreso che Kei fosse comparsa all'improvviso sulla sedia, perciò doveva conoscere la natura molto particolare di quel posto.

L'uomo rimase a fissarla senza aprire bocca. Non interagire con la persona appena comparsa era esattamente ciò che doveva fare un membro dello staff. Dopo un po' l'uomo si mise a lucidare il bicchiere che teneva in mano facendolo scricchiolare. Dimostrava fra i trenta e i quarant'anni e sembrava un cameriere qualsiasi. Le sue maniere non erano particolarmente amichevoli e una lunga cicatrice da ustione gli correva dal sopracciglio all'orecchio destro, dandogli un'aria vagamente intimidatoria.

«Ehm, mi scusi...»

Di solito Kei non era tipo da preoccuparsi se una persona fosse avvicinabile oppure no. Poteva mettersi a chiacchierare con il primo che passava e trattarlo da vecchio amico. Ma al momento si sentiva piuttosto confusa e gli parlò quasi fosse una straniera che si destreggia con una lingua che non è la sua.

«Ehm, dov'è il titolare?»

«Il titolare?»

«Il direttore del caffè... è qui?»

L'uomo dietro il bancone rimise nello scaffale il bicchiere lucido.

«In realtà, sarei io...» ribatté.

«Cosa?»

«Mi scusi, qual è il problema?»

«È lei? Lei è il direttore?»

«Sì.»

«Di qui?»

«Sì.»

«Di questo caffè?»

«Sì.»

«Davvero?»

«Esatto.»

"Non può essere!" Per la sorpresa, Kei si appoggiò pesantemente allo schienale.

L'uomo non capiva la sua sorpresa. Smise di fare quello che faceva e uscì da dietro il bancone. «Co... cosa c'è che non va, di preciso?» le chiese, visibilmente innervosito. Forse era la prima volta che qualcuno reagiva in quel modo sapendo che era il direttore. Ma l'espressione di Kei sembrava davvero eccessiva.

Kei si stava scervellando per capirci qualcosa. Cos'era successo in quei dieci anni? Non riusciva proprio a spiegarselo. Gli avrebbe chiesto mille cose, ma aveva le idee confuse e pochissimo tempo a disposizione. Il caffè si sarebbe raffreddato e il suo viaggio nel futuro non sarebbe servito a niente. Cercò di ricomporsi e guardò l'uomo, che la fissava perplesso. "Devo calmarmi."

«Ehm...»

«Sì?»

«Che ne è stato del vecchio direttore?»

«Il vecchio direttore?»

«Ma sì, un omone con gli occhi piccoli...»

«Oh, Nagare.»

«Sì, lui!»

Se non altro, conosceva Nagare. Kei si sporse involontariamente in avanti.

«Nagare adesso è a Hokkaidō.»

«Hokkaidō...»

«Sì.»

Kei sbatté gli occhi per lo stupore, doveva sentirlo un'altra volta. «Davvero? Hokkaidō?»

«Sì.»

Cominciò a girarle la testa. Niente andava come previsto. In vita sua, Nagare non le aveva mai parlato di Hokkaidō.

«Ma perché?»

«Be', è una domanda a cui non saprei rispondere», si scusò l'uomo grattandosi il sopracciglio destro.

Non ci capiva più niente, era tutto privo di senso.

«Oh, voleva per caso incontrare Nagare?»

Non sapendo niente di Kei, l'uomo non aveva indovinato, ma lei aveva perso la voglia di rispondere. Era tutto inutile. Non era mai stata brava a pensare alle cose da un punto di vista razionale: nella vita prendeva le decisioni lasciandosi sempre guidare dall'istinto. Perciò, di fronte a una situazione del genere, non riusciva in nessun modo a capire cosa stesse accadendo, come fosse successo. Era convinta che andando nel futuro avrebbe incontrato suo figlio, e invece le cose non stavano così. Il suo umore precipitava, ma l'uomo ci riprovò: «Ah, allora è venuta per incontrare Kazu?».

«Ah!» urlò Kei, intravedendo una nuova speranza.

Come aveva fatto a non pensarci? Aveva chiesto a quell'uomo solo del direttore, ma si era scordata una cosa fondamentale: era stata Kazu a incoraggiarla ad andare nel futuro; era stata lei a farle la promessa. Non importava che Nagare fosse a Hokkaidō. Finché poteva contare su Kazu, non c'era problema. Kei cercò di contenere l'entusiasmo.

«Che mi dice di Kazu?»

«Cosa?»

«Kazu! C'è Kazu?»

Se l'uomo le fosse stato più vicino, forse Kei l'avrebbe preso per il colletto.

La sua foga lo indusse a fare un passo indietro.

«Insomma, c'è oppure no?»

«Ehm, senta...» L'uomo distolse lo sguardo, sopraffatto da quella raffica di domande.

«La verità è che... anche Kazu è a Hokkaidō», disse cauto.

"Allora è finita..." Quella risposta le aveva infranto ogni speranza.

«Oh no, non c'è neanche Kazu?»

Lui la guardò preoccupato. Sembrava davvero smarrita.

«Si sente bene?» le chiese.

Kei lo guardò come a dire "Non è ovvio?", ma lui non la conosceva, perciò non c'era altro da aggiungere.

«Sì, sto bene...» rispose in tono sconsolato.

L'uomo la guardò perplesso e tornò dietro al bancone.

Kei cominciò ad accarezzarsi la pancia.

"Non so perché, ma se quei due sono a Hokkaidō, forse sarà con loro anche il mio bambino... Mi sa che non riuscirò a incontrarlo."

Si appoggiò al tavolino scoraggiata, le spalle curve. In ogni caso era una scommessa. Per incontrarlo ci voleva un colpo di fortuna, e Kei lo sapeva. Se incontrare la gente nel futuro fosse stato così facile, ci avrebbero provato in tanti.

Ad esempio, se Fumiko e Gorō si fossero promessi di ritrovarsi nel caffè tre anni dopo, allora molto probabilmente ci sarebbero riusciti. Ma in tal caso Gorō avrebbe necessariamente dovuto mantenere la sua promessa. C'erano tante ragioni per non riuscire a mantenere una promessa simile. Poteva rimanere bloccato nel traffico, oppure trovare la strada chiusa per lavori. Poteva fermarsi a dare indicazioni o perdere la strada. Poteva arrivare un acquazzone o una calamità naturale. Poteva addormentarsi o sbagliare l'orario. In altre parole, il futuro è sempre un'incognita.

In tal senso, qualunque fosse il motivo per cui Nagare e Kazu erano a Hokkaidō, rientrava nello spettro delle possibilità. Hokkaidō si trovava a mille chilometri di distanza ed era stato uno shock venire a sapere che si erano trasferiti così lontano. Ma anche se fossero stati a una fermata di treno da lì, non avrebbero comunque fatto in tempo a tornare al locale prima che il caffè si raffreddasse.

Se anche al suo ritorno nel presente avesse comunicato questa svolta degli eventi, il loro trasferimento a Hokkaidō sarebbe avvenuto comunque. Kei conosceva bene la regola. La fortuna le aveva voltato le spalle, tutto qui. Ci pensò su e cominciò a calmarsi. Prese la tazza e bevve un sorso. Era ancora piuttosto caldo. L'umore le cambiava in fretta, un'altra delle sue doti per vivere felice. I suoi alti e bassi potevano essere estremi, ma non duravano mai troppo a lungo. Era un vero peccato che non potesse incontrare suo figlio, ma almeno non aveva rimpianti. Aveva soddisfatto il suo desiderio ed era riuscita ad arrivare nel futuro. Non era arrabbiata con Kazu e Nagare, perché di sicuro dovevano avere una buona ragione. Era inconcepibile che non avessero fatto del loro meglio per venire a incontrarla.

"Ce lo siamo promessi solo pochi minuti fa, ma qui sono passati dieci anni. Oh, su, non posso farci niente! Quando torno, potrò sempre dire che ci siamo visti..."

Kei fece per prendere la zuccheriera accanto alla tazza.

Din-don

Si stava per zuccherare il caffè quando suonò il campanello della porta e per poco lei non esclamò il solito: "Buongiorno, benvenuto!". Era la forza dell'abitudine.

Kei si morse un labbro e guardò verso l'ingresso.

«Ah, sei tu!» disse l'uomo.

«Ciao, sono tornata», ribatté una ragazza che sembrava una liceale, sui quattordici o quindici anni. Indossava abiti estivi, una camicetta bianca senza maniche, pantaloncini di jeans e sandali in corda. I suoi capelli erano legati con un fermaglio rosso.

"Oh... la ragazza dell'altro giorno."

Kei la riconobbe appena la vide. Era la ragazza venuta dal futuro per scattarsi una foto insieme a lei. Allora era vestita da inverno e portava i capelli corti, perciò sembrava un po' diversa. Ma Kei era rimasta colpita dai suoi occhi così grandi e dolci.

"Allora è qui che ci siamo incontrate."

Kei annuì e incrociò le braccia. Quel giorno le era sembrato strano avere un'ospite che non conosceva, ma adesso tutto acquistava senso.

«Noi ci siamo scattate una foto insieme, giusto?» disse alla ragazza.

Ma la ragazza la guardò perplessa.

«Mi scusi, di cosa parla?» ribatté.

Kei si accorse dell'errore. "Oh, è vero..."

La ragazza doveva essere venuta dopo quell'incontro, e in quel momento la sua domanda doveva esserle sembrata assurda.

«Oh, non ci pensare, devo essermi sbagliata», si corresse sorridendole. Ma la ragazza sembrava agitata. Fece un piccolo inchino con la testa e sparì sul retro.

"Be', questo mi fa sentire meglio", pensò Kei.

Adesso era molto più felice. Era venuta dal futuro per scoprire che Kazu e Nagare non c'erano più e li aveva sostituiti un uomo che non conosceva. Sulle prime c'era rimasta male all'idea di tornare indietro senza aver combinato niente, ma con la comparsa della ragazza era cambiato tutto.

Toccò la tazza per controllare la temperatura. "Dobbiamo fare amicizia prima che il caffè si raffreddi." A quel pensiero, una specie di incoraggiante euforia le riempì il cuore: un incontro tra due persone separate da dieci anni.

La ragazza ricomparve.

"Oh..."

Indossava un grembiule color vinaccia.

"Quello è il grembiule che usavo io!"

Kei non aveva certo scordato il suo obiettivo iniziale, ma non era il tipo da ostinarsi su cose che non potevano accadere. E così aveva cambiato i suoi piani e deciso di fare amicizia con quella ragazzina dall'aria interessante. L'uomo si affacciò dalla cucina e guardò la ragazza con il grembiule.

«Oh, oggi non serve che lavori... in fondo, c'è solo una cliente.»

Ma la ragazza non gli diede retta.

L'uomo non insistette e tornò in cucina, mentre la ragazza cominciava a pulire il bancone.

"Ehi, guarda da questa parte!" Kei stava disperatamente cercando di attirare la sua attenzione dondolandosi a destra e sinistra, ma la ragazza sembrava non volerne sapere di alzare la testa.

"Se lavora qui, magari è la figlia del direttore?"

Kei non si fece scoraggiare e considerò le varie possibilità.

Drin drin... Drin drin.

Dalla stanza sul retro arrivò sul più bello lo squillo del telefono.

«Vado...» D'un tratto Kei si trovò a dover combattere l'annosa abitudine di andare a rispondere. Potevano anche essere passati dieci anni, ma la suoneria non era cambiata.

"Ehi... Stai attenta... C'è mancato poco..."

Aveva quasi infranto la regola di non alzarsi dalla sedia. Era libera di farlo, ma sarebbe tornata immediatamente nel presente.

L'uomo uscì dalla cucina urlando: «Vado io!» e corse a rispondere. Kei fece un sospiro di sollievo asciugandosi la fronte con posa teatrale.

«Sì, pronto? Oh, ciao! Sì, è qui... Va bene, aspetta un momento, te la chiamo subito...» lo sentì dire.

Un attimo dopo l'uomo uscì dalla stanza sul retro e portò il telefono a Kei.

"Eh?"

«Al telefono», le disse porgendole l'apparecchio.

«Per me?»

«È Nagare.»

Sentendo il nome di Nagare, Kei prese il telefono all'istante.

«Ciao, perché sei a Hokkaidō? Mi vuoi spiegare che sta succedendo?» disse a voce così alta che rimbombò nel locale.

L'uomo la guardava perplesso, senza capire la situazione, poi tornò in cucina.

La ragazza sembrava indifferente alla voce di Kei e continuò a fare quello che faceva.

«Cosa? Non c'è tempo? Sono io a non avere tempo!» Il caffè continuava a raffreddarsi anche mentre loro due parlavano al telefono. «Ti sento malissimo! Cosa?» Reggeva l'apparecchio con la sinistra e con la destra si tappava l'orecchio. Chissà perché, la linea era molto disturbata e si faceva una gran fatica a capire le parole.

«Cosa? Una liceale?» Kei continuava a chiedergli di ripetere. «Sì, è qui. La stessa che è venuta al caffè un paio di settimane fa: era venuta dal futuro per scattarsi una foto con me. Sì, sì, e allora?» chiese ancora fissando la ragazza, che in quel momento si era fermata di botto ma continuava a non guardarla.

"Chissà perché sembra così nervosa?" si chiese Kei continuando a parlare con Nagare. Era una cosa che la impensieriva, ma doveva concentrarsi sulle informazioni importanti che il marito le stava dando.

«Ti ho detto che sento malissimo. Eh? Cosa? Questa ragazza?»

"Nostra figlia."

Proprio in quel momento, l'orologio al centro della parete cominciò a suonare, *don don don don...* per dieci volte.

Allora Kei capì che non erano affatto le tre del pomeriggio, bensì le dieci del mattino, e il sorriso le si spense sulle labbra.

«Ah, d'accordo, va bene», rispose con un filo di voce, posando il telefono sul tavolo.

Un attimo prima non vedeva l'ora di parlarle, invece adesso era impallidita, lo sguardo spento all'improvviso, e anche la ragazza sembrava molto spaventata. Kei tornò a controllare la temperatura della tazza. Era calda, c'era ancora tempo.

Si girò e tornò a guardare la ragazza.

"La mia bambina..."

La consapevolezza improvvisa di trovarsi faccia a faccia con sua figlia la travolse. Il fruscio aveva disturbato la conversazione, ma il messaggio era arrivato forte e chiaro.

«Hai chiesto di arrivare dieci anni dopo alle quindici, ma per errore dieci e quindici si devono essere mescolati e sei arrivata quindici anni dopo alle dieci. L'abbiamo saputo quando sei tornata dal futuro, ma adesso siamo a Hokkaidō per ragioni di forza maggiore che non sto qui a spiegarti perché il tempo stringe. La ragazza che hai di fronte è nostra figlia. Siccome ormai non manca molto, goditi la vista della nostra bella figlia e torna a casa.»

Poi Nagare si era affrettato a riagganciare, per non farle perdere tempo. Avendo saputo che la ragazza di fronte a lei era sua figlia, d'un tratto Kei non sapeva più come parlarle.

Più che confusione e panico, provava un gran senso di rimorso.

La ragione del suo rimorso era piuttosto semplice. La ragazza doveva sapere che lei era sua madre, di questo non dubitava. Invece Kei aveva pensato che fosse figlia di qualcun altro, data l'età. Se fino ad allora non ci aveva fatto caso, all'improvviso Kei sentì il ticchettio degli orologi alle pareti, che sembravano dirle: "*Tic-tac tic-tac*, il caffè si raffredda!". E infatti ormai restava poco tempo.

Nell'espressione imbronciata della ragazza le parve di leggere una risposta alla domanda che non era riuscita a porle: "Mi perdoni se quello che ho fatto per te è stato solo metterti al mondo?". Con il cuore stretto, si sforzò di farsi venire in mente qualcosa da dirle.

«Come ti chiami?» le chiese.

Ma la ragazza chinò il capo senza rispondere.

Kei interpretò quel gesto come la riprova dei suoi peggiori timori. Non riuscendo più a sopportare quel silenzio, chinò il capo anche lei. Ma poi...

«Miki...» sussurrò triste la ragazza.

Kei avrebbe voluto chiederle altre mille cose, ma dal tono di voce di Miki capì che non aveva voglia di parlarle.

«Miki, che bel nome...» fu tutto ciò che riuscì a rispondere.

Miki non aprì bocca, ma la fissò come se non le fosse piaciuta la sua reazione e corse a chiudersi nella stanza sul retro. In quel preciso momento, l'uomo sbucò dalla cucina.

«Miki, tutto bene?» le chiese, ma Miki non lo degnò di uno sguardo e sparì sul retro.

Din-don

«Buongiorno, benvenuto!»

Un istante dopo entrò nel locale una donna con una camicetta bianca a maniche corte, un paio di pantaloni neri e un grembiule color vinaccia. Doveva aver corso sotto il sole perché non aveva più fiato e sudava abbondantemente.

«Ah!» esclamò Kei riconoscendola. Se non altro, lei era ancora riconoscibile.

Guardando quella donna ansimante, Kei si rese conto di quanto fossero lunghi quindici anni. Era Fumiko Kiyokawa, la stessa che poco prima, quello stesso giorno, aveva chiesto a Kei come stava. Un tempo era snella, ma adesso si era arrotondata.

Fumiko notò che Miki non c'era. «Dov'è Miki?» chiese all'uomo.

Evidentemente sapeva che Kei sarebbe arrivata quel giorno a quell'ora. Nella sua voce si avvertiva un forte senso di urgenza, e ovviamente l'uomo rimase turbato dal suo tono.

«Sul retro», rispose, senza capire cosa stesse accadendo.

«Ma perché?» chiese lei tirando un pugno sul bancone.

«Cosa?» esclamò brusco lui, grattandosi la cicatrice sul sopracciglio destro, quasi si sentisse attaccato.

«Non ci posso credere», sospirò Fumiko fissando l'uomo. Ma si sentiva già abbastanza in colpa per essere arrivata tardi a un appuntamento così importante e non voleva perdere altro tempo in inutili recriminazioni.

«E così adesso sei tu a gestire il caffè?» chiese sottovoce Kei.

«Eh, sì», rispose Fumiko guardandola negli occhi. «Hai parlato con Miki?»

Era una domanda così diretta che Kei si sentì immediatamente a disagio e abbassò gli occhi.

«Avete parlato un po'?» insistette Fumiko.

«Oh, non saprei...» mormorò Kei.

«Adesso vado di là e la chiamo.»

«No, va tutto bene!» urlò Kei, trattenendo Fumiko, che stava già per entrare nella stanza sul retro.

«Perché dici così?»

«Per me basta», rispose Kei con un'alzata di spalle. «Ci siamo viste in faccia.»

«Su, andiamo...»

«Non mi pareva che avesse una gran voglia di conoscermi...»

«Oh, non è vero!» la contraddisse Fumiko. «Miki non vedeva l'ora di conoscerti. Era da così tanto che aspettava questo giorno...»

«Temo di averla resa molto triste.»

«Certo, ci sono stati tanti momenti di tristezza, questo è vero.»

«Sì, lo immaginavo...»

Fumiko la vide allungare una mano verso la tazza.

«E così vuoi tornare indietro e lasciare le cose come stanno?» chiese, visto che non riusciva a convincerla a restare.

«Le puoi dire che mi dispiace...?»

Fumiko la prese male. «Ma sarebbe come... no, non credo proprio che lo pensi davvero. Ti dispiace di aver messo al mondo Miki? Non capisci che se dici che ti dispiace significa che giudichi un errore la sua vita?»

"Ma io non l'ho ancora messa al mondo, non ancora. Però non metterei mai in dubbio la mia decisione di farlo."

Vedendo che per tutta risposta Kei scuoteva vigorosamente la testa, Fumiko disse: «Aspetta un attimo, adesso la chiamo. Miki!».

Kei era ammutolita.

«Vado e torno.»

Senza aspettare risposta, Fumiko scomparve sul retro, sapendo bene che ormai mancava poco.

«Ehi, Fumiko», chiamò l'uomo seguendola sul retro.

"Oddio, cosa devo fare?"

Rimasta sola, Kei si ritrovò a fissare il caffè che aveva di fronte.

"Fumiko ha ragione, ma così faccio ancora più fatica a capire cosa devo dirle."

Poi Miki ricomparve; Fumiko le teneva le mani sulle spalle.

Ma anziché guardare Kei, Miki fissava il pavimento.

«Andiamo, tesoro, non sprecare questo momento», la incoraggiò Fumiko.

"Miki..." Kei avrebbe voluto pronunciare il suo nome a voce alta, ma dalla bocca non le uscì un suono.

«Va bene, allora», disse Fumiko, sollevando le mani dalle spalle di Miki. Poi lanciò uno sguardo a Kei e tornò sul retro.

Miki non alzava gli occhi dal pavimento.

"Devo assolutamente dirle qualcosa..." Kei tolse la mano dalla tazza e prese fiato. «Stai bene?» le chiese.

Miki sollevò la testa e guardò Kei. «Sì», rispose con voce esitante.

«Dai una mano qui al caffè?»

«Già.»

Miki rispondeva a monosillabi, e Kei faceva una gran fatica a proseguire la conversazione.

«Nagare e Kazu sono tutt'e due a Hokkaidō?»

«Già.»

Miki aveva distolto di nuovo lo sguardo, e rispondeva a voce sempre più bassa. Non sembrava che avesse una gran voglia di parlare.

Senza pensarci su, Kei le chiese: «E perché tu sei rimasta qui?».

"Ooops..."

Kei si pentì all'istante di quella domanda così diretta e abbassò lo sguardo imbarazzata. Lei sperava che la figlia fosse rimasta apposta per incontrarla, era ovvio, ma così forse rischiava di metterla a disagio.

«Be', vedi...» rispose invece con dolcezza Miki, «io preparo il caffè per la gente che si siede su *quella* sedia.»

«Prepari il caffè?»

«Sì, come faceva sempre Kazu.»

«Oh.»

«È il mio lavoro adesso.»

«Davvero?»

«Sì, è così.»

Ma a quel punto la conversazione tornò a interrompersi di botto. Miki non sapeva più cos'altro dire e tornò ad abbassare lo sguardo. Kei non riusciva a trovare le parole, ma c'era una cosa che voleva chiederle a tutti i costi.

"Metterti al mondo è stata l'unica cosa che ho fatto per te. Mi puoi perdonare per questo?"

Ma come faceva a pretendere che la perdonasse? Aveva causato troppa sofferenza.

La reazione di Miki le fece pensare di essere stata egoista a voler viaggiare nel futuro. Guardarla era troppo doloroso, così Kei si mise a fissare la tazza che aveva davanti.

La superficie del caffè tremolava leggera, senza più vapore fumante. A giudicare dalla temperatura della tazza, non mancava molto alla partenza.

"Cosa sono venuta a fare? Che senso ha avuto venire dal passato? Adesso sembra tutto così insensato... L'unica cosa che ho ottenuto è far soffrire Miki ancora di più. Quando tornerò nel passato, la sofferenza di Miki non cambierà comunque, qualsiasi cosa faccia. Questo non si può cambiare. Prendi Kōtake, ad esempio: è tornata nel passato, ma Fusagi non è guarito. E allo stesso modo Hirai non ha potuto impedire che la sorella morisse. Kōtake è riuscita a ricevere la lettera, mentre Hirai ha incontrato la sorella. La malattia di Fusagi sta ancora peggiorando e Hirai non rivedrà mai più la sorella. Per me è lo stesso. Non c'è niente che possa fare per cambiare i quindici anni che Miki ha vissuto nella sofferenza."

Per quanto il suo desiderio di visitare il futuro fosse stato esaudito, si sentiva ancora profondamente disperata.

«Be', non posso far raffreddare il caffè...» disse Kei prendendo la tazza.

Era tempo di tornare indietro.

Ma in quel preciso momento sentì avvicinarsi dei passi. Miki le stava andando incontro.

Kei posò la tazza e guardò la figlia negli occhi.

"Miki..."

Kei non sapeva cos'avesse in mente, ma non riusciva a toglierle gli occhi di dosso. Le stava così vicino che avrebbe potuto toccarla.

Miki trasse un respiro profondo e disse, con voce tremante: «Poco fa... quando hai detto a Fumiko che non ti volevo incontrare... Be', non è vero».

Kei pendeva dalle sue labbra.

«Avevo sempre pensato che se ti avessi incontrato avrei voluto parlarti...»

Anche Kei avrebbe voluto chiederle un'infinità di cose.

«Ma quando è successo sul serio, non ho saputo cosa dire.»

Proprio come lei, neanche Kei aveva saputo cosa dire. Chissà come doveva sentirsi Miki, poverina. E in più, non era riuscita a mettere in parole le sue mille domande.

«E sì... ci sono stati dei momenti molto tristi, è vero.»

Kei se lo poteva immaginare: il semplice pensiero di saperla sola le faceva stringere il cuore.

"Non ti posso risparmiare quei momenti tristi, mi dispiace."

«Ma...» Miki sorrise timida, facendo un passo avanti, «sono molto felice per la vita che mi hai dato.»

Serve coraggio per dire quello che va detto. E di sicuro a Miki era servito tanto coraggio per esprimere i suoi sentimenti alla madre che aveva appena conosciuto. La sua voce vacillava per l'incertezza, ma comunicava l'autenticità dei suoi sentimenti. Gli occhi di Kei si gonfiarono di lacrime.

"Ma... io non ti ho dato niente... metterti al mondo è l'unica cosa che potrò mai fare per te."

Anche Miki scoppiò a piangere, poi si asciugò le lacrime con entrambe le mani e le fece un sorriso dolce.

«Mamma...» Lo disse con una voce eccitata e nervosa, ma Kei lo sentì distintamente.

Miki la stava chiamando *mamma*.

Kei si coprì il viso con le mani, le spalle le tremavano mentre piangeva.

«Mamma...»

Sentendosi chiamare ancora, Kei all'improvviso tornò in sé: era tempo di salutarsi.

«Dimmi...» Kei sollevò lo sguardo e sorrise, ricambiando i sentimenti di Miki.

«Grazie», disse Miki con il suo sorriso più grande e le dita a V, «grazie per avermi fatto nascere, grazie...»

«Miki...»

«Mamma...»

In quel momento, il cuore di Kei era pieno di felicità: erano madre e figlia. Non era semplicemente un genitore, era la madre della ragazza che le stava di fronte. Non riusciva più a trattenere le lacrime.

"*Finalmente ho capito.*"

Il presente non era cambiato per Kōtake, ma lei aveva proibito a tutti di usare il suo cognome da nubile e aveva cambiato il suo atteggiamento nei confronti di Fusagi. Sarebbe rimasta insieme a lui e avrebbe continuato a essere sua moglie, anche se era svanita dalla sua memoria. Hirai aveva abbandonato il suo bar di successo per tornare in famiglia, e mentre ricostruiva il rapporto con i suoi imparava da zero le usanze tradizionali della locanda.

"Il presente non cambia."

La condizione di Fusagi non era cambiata di una virgola, ma Kōtake aveva imparato a godersi le conversazioni con lui. Hirai aveva perso la sorella, ma la foto che aveva mandato al caffè la mostrava felice e sorridente insieme ai genitori.

Il presente non era cambiato, ma quelle due persone sì. Kōtake e Hirai erano tornate nel presente con il cuore trasformato.

Kei chiuse dolcemente gli occhi.

"Ero così concentrata su ciò che non potevo cambiare da dimenticare la cosa più importante."

Fumiko aveva preso il suo posto ed era stata al fianco di Miki per quei quindici anni. Nagare era stato un padre presente, l'aveva riempita d'amore e di sicuro aveva fatto il possibile per compensare la sua assenza. Anche Kazu aveva colmato Miki d'affetto, facendole da madre e da sorella maggiore. Capì che attorno a Miki c'erano state tutte queste persone amorevoli per quindici anni, senza desiderare altro che la sua felicità.

"Grazie per essere cresciuta così sana e serena. Solo per questo mi hai resa felice. Non ti voglio dire altro... è così che mi sento nel profondo."

«Miki...» Le guance rigate di lacrime, Kei le fece il suo sorriso migliore. «Grazie a te per l'onore di averti fatto nascere.»

*

Kei tornò dal futuro in lacrime. Ma era chiaro che non erano lacrime di tristezza.

Nagare emise un sospiro di sollievo e Kōtake scoppiò a piangere.

Invece Kazu sorrise con una tale dolcezza che pareva aver assistito anche lei alla scena. «Bentornata a casa», le disse.

Il giorno dopo Kei si ricoverò in ospedale, e la primavera successiva diede alla luce una bambina sana.

L'articolo di giornale sulla leggenda metropolitana del caffè chiudeva così: «In fin dei conti, che uno torni nel passato o viaggi nel futuro, il presente non cambia comunque. E allora sorge spontanea la domanda: che senso ha *quella* sedia?».

Kazu è ancora convinta che, se vuole, la gente troverà sempre la forza di superare tutte le difficoltà che si presenteranno. Serve solo cuore. E se *quella* sedia ha il potere di cambiare il cuore delle persone, di sicuro un senso deve averlo.

Ma con la sua solita espressione imperturbabile, si limiterà semplicemente a dire: «L'importante è bere il caffè finché è caldo».

INDICE

C'è un luogo in cui ti è concesso ripartire.
Basta accomodarsi.
E ascoltare.

Dall'autore di «Finché il caffè è caldo»

TOSHIKAZU KAWAGUCHI

La bottega del tempo ritrovato

ROMANZO

Garzanti

NOVITÀ
DA GIUGNO IN LIBRERIA

Toshikazu Kawaguchi
Basta un caffè per essere felici

L'aroma dolce del caffè aleggia nell'aria fin dalle prime ore del mattino. Quando lo si avverte, è impossibile non varcare la soglia della caffetteria da cui proviene. Un luogo, in un piccolo paese del Giappone, dove si può vivere un'esperienza indimenticabile. Basta entrare, lasciarsi servire e appoggiare le labbra alla tazzina per vivere di nuovo l'esatto istante in cui ci siamo ritrovati a prendere la decisione sbagliata. Per farlo, è importante che ogni avventore stia attento a bere il caffè finché è caldo: una volta che ci si mette comodi, non si può più tornare indietro. È così per Gōtaro, che non è mai riuscito ad aprirsi con la ragazza che ha cresciuto come una figlia. Yukio, che per inseguire i suoi sogni non è stato vicino alla madre quando ne aveva più bisogno. Katsuki, che per paura di far soffrire la fidanzata le ha taciuto una dolorosa verità. O Kiyoshi, che non ha detto addio alla moglie come avrebbe voluto. Tutti loro hanno un conto in sospeso, ma si rendono presto conto che per ritrovare la felicità non serve cancellare il passato, bensì imparare a perdonare e a perdonarsi. Questo è l'unico modo per guardare al futuro senza rimpianti e dare spazio a un nuovo inizio.

Toshikazu Kawaguchi
Il primo caffè della giornata

Nel cuore del Giappone esiste un luogo che ha dello straordinario. È una piccola caffetteria che serve un caffè dal profumo intenso e avvolgente, capace di evocare le emozioni trascorse. Di far rivivere un momento del passato in cui non si è riusciti a dare voce ai propri sentimenti o si è arrivati a un passo dal deludere le persone più importanti. Per vivere quest'esperienza unica, basta seguire poche e semplici regole: accomodarsi e gustare il caffè con calma, un sorso dopo l'altro. L'importante è fare attenzione che non si raffreddi. Per nessuna ragione. Ma entrare in questa caffetteria non è per tutti: solo chi ha coraggio può farsi avanti e rischiare. Come Yayoi, che, privata dell'affetto dei genitori quando era ancora piccola, non crede di riuscire ad affrontare la vita con un sorriso. O Todoroki, cui una carriera sfavillante costellata di successi non ha dato modo di accorgersi della felicità che ha sempre avuto a portata di mano. O ancora Reiko, che non ha mai saputo chiedere scusa all'amata sorella e ora si sente schiacciata dal senso di colpa. E Reiji, per cui una frase semplice come «ti amo» rappresenta ancora un ostacolo invalicabile. Ciascuno vorrebbe poter cambiare quello che è stato. Riavvolgere il nastro e ricominciare da capo. Ma cancellare il passato non è la scelta migliore. Ciò che conta è imparare dai propri errori per guardare al futuro con ottimismo.

Toshikazu Kawaguchi
Ci vediamo per un caffè

Tra le montagne del Giappone si nasconde un luogo leggendario. Sono tanti coloro che lo cercano, perché si racconta che chi è abbastanza determinato possa riuscire a trovarvi le risposte che sta cercando. Per raggiungerlo bisogna seguire l'aroma intenso del caffè, varcare la soglia, sedersi e ordinare una tazza fumante. Solo chi non lascerà raffreddare la bevanda potrà rivivere l'istante del suo passato in cui ha preso una scelta alla quale ripensa a distanza di tempo, in cui è rimasto in silenzio quando avrebbe voluto dire la verità, in cui ha dato la risposta sbagliata. Sono pochissimi i fortunati che hanno saputo cogliere l'occasione. Tra di loro ci sono il professor Kadokura, che ha trascurato la famiglia per il lavoro; i coniugi Sunao e Hikita, addolorati dalla scomparsa dell'amatissimo cane; Hikari, pentita di non aver accettato la proposta di matrimonio del fidanzato Yoji; e infine Michiko, che è tornata nel locale dove aveva incontrato il padre. Ognuno ha una storia diversa, ma tutti hanno lo stesso sguardo rivolto all'indietro, verso il momento in cui avrebbero potuto agire diversamente. Solo chi ha il coraggio di rievocare quell'istante avrà la possibilità di vederlo sotto un'altra luce e vivere con serenità il presente.

 Garzanti

Toshikazu Kawaguchi
Quando il caffè è pronto

Un caffè, una sedia e una regola da seguire. Pochi passi che possono condurre alla felicità. Ma solo se si è nel posto giusto. E il posto giusto è una caffetteria di Tokyo in cui si può scegliere di rivivere un preciso momento della propria esistenza. Un'esperienza che dura un istante, giusto il tempo di gustare la bevanda prima che si raffreddi. Certo, non è facile decidere, perché la vita è spesso piena di rimpianti. Ma ci sono quel gesto, quella parola, quella lettera, quel bacio, quella dichiarazione che non abbiamo fatto o detto. Quello è l'attimo giusto. Ci vuole coraggio per affrontarlo di nuovo, ma il risultato, a volte, è inaspettato. Chissà se il piccolo Yūki, che non riesce a superare il divorzio dei suoi genitori, è pronto. E chissà se lo è Megumi, che deve decidere che nome dare alla figlia senza avere accanto l'uomo che ama; o le amiche Ayame e Tsumugi, che hanno permesso all'orgoglio di intromettersi tra di loro. Fili e destini che potevano rimanere spezzati, ma che ora hanno una seconda possibilità. E non importa che il passato sia ormai alle spalle e nulla si possa fare per modificarlo, lo sguardo è rivolto al futuro, perché su quello si può ancora intervenire. Quanto è accaduto è solo un insegnamento per non commettere di nuovo gli stessi errori, per non lasciare più che rabbia, odio, gelosia o frustrazione offuschino i sentimenti più veri che sono dentro di noi.

 Garzanti

www.illibraio.it

Il sito di chi ama leggere

Ti è piaciuto questo libro?
Vuoi scoprire nuovi autori?

Vieni a trovarci su **IlLibraio.it**, dove potrai:

- scoprire le **novità editoriali** e sfogliare le prime pagine **in anteprima**
- seguire i **generi letterari** che preferisci
- accedere a **contenuti gratuiti**: racconti, articoli, interviste e approfondimenti
- **leggere** la trama dei libri, **conoscere** i dietro le quinte dei casi editoriali, **guardare** i booktrailer
- iscriverti alla nostra **newsletter settimanale**
- unirti a **migliaia di appassionati** lettori sui nostri account **facebook**, **twitter**, **google+**

« La vita di un libro non finisce con l'ultima pagina. »

Fabbricato da Grafica Veneta S.p.A.
con un processo di stampa e rilegatura certificato 100% carbon neutral
in accordo con PAS 2060 BSI

Finito di stampare nel mese di marzo 2025
per conto della TEA S.r.l.
da  Grafica Veneta S.p.A. di Trebaseleghe (PD)
Printed in Italy

Certificato PEFC
Questo prodotto è
realizzato con materia
prima da foreste
gestite in maniera
sostenibile e da fonti
controllate
PEFC/18-31-226   www.pefc.it